Shirono & Haruna
「学生寮で、後輩と」

どうしよう、と春菜がもたもた考えている間に、
シャツの裾はズボンから引っ張り出され、すっかり前を開かれている。
「綺麗な体……」
うっとりと呟きながら、城野が手を伸ばして、春菜の胸に触れた。
片方の胸の先が城野の指に触れ、春菜は思わず身を竦ませる。
(本文P.112より)

学生寮で、後輩と

渡海奈穂

キャラ文庫

この作品はフィクションです。
実在の人物・団体・事件などにはいっさい関係ありません。

目次

学生寮で、後輩と

口絵・本文イラスト／夏乃あゆみ

学生寮で、後輩と

1

待ちくたびれて、春菜《はるな》が道端であろうと構わず買ったばかりの文庫本を開きかけた時、すぐそばの書店からようやく友人が出てきた。

「おまたせ、やっと見つかった」

春菜と同じ学校のブレザーを着た、背の高い眼鏡《めがね》の高校生が、にこやかに書店の紙袋を掲《かか》げている。

「悪かったな、つき合わせて」

「いいけど、本屋なら」

申し合わせたように、二人して道を歩き出した。

「しかし学校に近い順に巡っていって『ついさっき売り切れたところです』ってみんな同じこと言うから、参ったわ」

「海外の古典ミステリが売り切れるほど人気なのか、最近は？」

不思議に思って、春菜は隣を歩く友人、山口《やまぐち》に訊《たず》ねた。買いたい本があるからつき合わないか、と彼に言われたのは今日の昼休みのことだ。本好きな春菜は、書店巡りだけはどんな時でも、他の用事を後回しにしても、無条件についていく。春菜の知る限り、自分以外で浴びるように本を読むタイプの友人は山口しかいない。

というより、そもそも春菜に友人など、山口以外にいなかったのだが。

「ああ、そっちはもう二軒目で買った。一軒目はそもそもベストセラー以外入荷しないし」

春菜はてっきり、山口が昼休みに読んでいた小説の下巻を買うものだと思っていた。実際それも買ったようだが。

「他に何買ったって？」

「晋平《しんぺい》には用のないもの」

「だから、何だよ」

滅多になく春菜は食い下がる。普段あまり人の行動を気にするたちではなかったが、本のことなら話は別だ。自分の知らない本を山口が持っているというのは気懸《きが》かりだ。

「ちょっとエッチなグラビアが載った雑誌」

興味ばかりで訊ねた春菜は、瞬時にどうでもよくなった。

「ほらー、晋平には必要ないって言っただろ。そう冷たい顔するなよ」

「そんなもんのためだったら、ここまで来なかった」

春菜は一軒目にして、今週の本代の予算をオーバーしてしまった。あとは山口に探しものがあるからつき合っていただけだ。

「だから内緒にしてたんじゃん。一人じゃ寂しいし」

「もういい、さっさと帰ろう。腹減った」

勿論《もちろん》どこかカフェだのファーストフード店だのに寄る予算もない。春菜にしろ山口にしろ、そんな金があったら書籍代に回す方だ。それに、もう少し我慢すれば夕食の時間だった。

「おー、今日のおかずなんだろ……」

帰ろう、と言って春菜たちが進むのは、学校からここまで来たのとまったく同じ道だ。だが学校ではなく、その向こうにある学生寮を目指している。二人とも寮暮らしをする高校生だった。

「おかずと言えば、晋平も、たまにはこういうものを見て、健全に息抜きすればいいのに」

山口はしつこくグラビア雑誌の話をしている。しかも大変品のない方向に持っていった。

「数学の参考書とか、社会史の本読んで欲情してるようじゃ、高校生男子としてやべーぞ」

「受験生が参考書で元気になって何が悪い」

「いやおまえの読んでるの、大方すでに大学受験用を逸脱《いつだつ》してるから」

「ジェフリー・ダーマーの本とかヴィトゲンシュタインの本とか読んで欲情する山口にだけはとやかく言われたくない」

春菜の勉強好きは、本好きと同じ趣味の範疇《はんちゅう》だ。人より少しだけ度を越している程度だと自分では思う。それよりもグラビア雑誌と猟奇殺人犯の本と哲学書を並べて悦に入る山口の方が、どうかしている。だが山口は涼しい顔だ。

「そういうこと言うと、また部屋に押し掛けて夜通し三大批判書について語っちゃうぞ？」

「すみませんでした……」

敗北を認めて、春菜は足早に帰り道を急いだ。スイッチが入った山口は、思想について、本当に夜通し延々語り出すので怖《おそ》ろしい。しかもその話につき合えるのが、同年代では春菜だけだと知っているから、いつもその機会を虎視眈々《こしたんたん》と狙っているのだ。

（別に嫌じゃないけど、今日は買った本を読みたい）

暇《ひま》な時ならつき合ってもいいが、書店に寄ったあとは、自分の読書のために時間を使いたいのだ。

「まあ気が変わって使いたくなったら、いつでもどうぞ。娯楽室に置いておくから」

相変わらず品のない山口の台詞《セリフ》を、春菜は綺麗に無視した。

そして『娯楽室』という山口の言葉で、ふと、誰かの顔が頭に浮かぶ。

「そういや今日もまた娯楽室に居座ってんのかな、城野《しろの》」

どうやら山口もまるで同じ生徒のことを思い出したらしい、ということに何となく落ち着かない気分を味わいつつ、春菜は曖昧《あいまい》に首を傾《かし》げた。

「さあ……」

咄嗟《とっさ》に、興味ない、というふうを装《よそお》ってはみたが、上手くできたかはわからない。

「あいつ何て言うか犬っころみたいだよな」

犬っころ、という山口の表現に春菜は喉《のど》を詰まらせそうになった。笑いたかったんだか、何がしたかったのだか、自分でもよくわからない。

「何噎《む》せてんだよ、大丈夫か？」

「……大丈夫」

「そう？」

山口はさほど気に留めた様子もなく、今日の授業のことなどに話題を変えた。

春菜は少しだけほっとした。


とりとめもない話をしながら、山口と並んで学生寮へと帰り着いた。学校から徒歩十分ほど離れた建物だ。『私立煌了館《こうりようかん》学園男子高学生寮』とでかでか書かれた看板の掛かった門を潜《くぐ》り、広めの中庭を抜けてポーチに向かう。

玄関で靴《くつ》を履《は》き替えて建物に上がり、廊下を歩いていると、娯楽室から楽しげな笑い声が聞こえてきた。

「おー、今日も賑《にぎ》やかだなあ」

山口が笑いを含んだ声で呟《つぶや》く。春菜も、釣られるように娯楽室のある方へと視線を遣《や》った。

玄関から娯楽室の中を覗《のぞ》くことはできなかったが、笑い声の中心に誰がいるのかは、見なくても春菜にはわかった。少し前に、山口との間で話題が出た生徒だ。

春菜が何となく腕時計を見下ろせば、放課後から数時間経ち、夕食のために食堂が開放されるまでにあと一時間足らずという辺り。

夕食が始まるまでの時間を、テレビや共有図書のある娯楽室で過ごすのはごく一部の寮生でしかない。部活動に所属している生徒はまだ学校に残っているし、塾に通っている者も多いし、自室で勉強したり、携帯電話を弄《いじ》っている者が大半だった。

とはいえ一年生から三年生までトータル百五十人近くがいる中の一部なので、十人以上はいるだろう。高校生男子が十人以上集まっていれば、賑やかという表現では控《ひか》え目なくらいの騒ぎになる。しかもわざわざ部屋を出て集まるくらいだから、社交的な生徒が多いのだ。

春菜は習慣どおり、部屋番号の書かれた個別のポストを覗いてから、娯楽室の方へ向かった。特にそこに用があったわけではなく、宛《あて》がわれた自室のある二階に向かうための階段が、娯楽室の向かいにあるのだ。

春菜はそのまままっすぐ自室を目指すが、山口は娯楽室へと足を向けた。書店の袋から、『ちょっとエッチなグラビアが載った雑誌』を出して掲げながら中へと足を踏み入れていた。

「おーい、新しいの買ってきたぞー」

途端、娯楽室の中から歓声と拍手喝采《かっさい》が湧《わ》き上がる。春菜はあまりのうるささに釣られて、結局娯楽室の中をひょいと覗いた。

ジャージだのTシャツにジーンズだの、私服で寛《くつろ》ぐ寮生たちが、ぎりぎり年齢指定のないエログラビアを携《たずさ》えて帰還した勇者山口を、大喜びで迎えている。

（元気だな、あいつら）

感心していると、私服の生徒たちの中で、帰寮したばかりの山口を除けば唯一制服姿の生徒と目が合った。

彼は春菜を見てパッと顔を輝かせ、座っていた椅子《いす》から急いで立ち上がろうと動いた。

春菜は少し後退《あとずさ》りしたい気分を抑え、相手に向けて適当に頷《うなず》いて挨拶《あいさつ》らしきものをしてから、さっさと娯楽室のドアから離れ、階段に向かう。

「春菜先輩！」

慌《あわ》ただしい足音と共に、背中に声をかけられ、春菜は振り返った。

階段を一段上った春菜と視線が合う身長。春菜が小さいわけではなく、相手の方が大きいのだ。

大きい、と言っても、細身で、少年なのか青年なのか曖昧な形をした十七歳。

城野由司《ゆうじ》を前にした時かならず目につくのは、やたら人懐《なつ》っこそうな笑顔だった。

今日も城野は、春菜を見て、嬉《うれ》しさを隠すことなく笑っている。

（本当に、犬みたいだよな）

山口の城野に対する表現は、実にぴったりだった。春菜も城野と会うたび、同じことを思っていたのだ。

山口との会話のあとでは、城野が妙に爽《さわ》やかで、可愛《かわい》らしい風情《ふぜい》にも感じる。

「おかえりなさい、遅かったですね」

にこにこと笑ってそう言う城野が制服姿なのは、家に帰らず、放課後そのままここに来たからだろう。城野は寮生ではなく、自宅生だ。

寮生以外が寮内に入るには、簡易ながら申請書を寮監に提出する必要があるというのに、城野はその面倒をものともせず頻繁《ひんぱん》にここへ立ち寄っている。

「本屋に寄ってきたから」

「山口先輩と？」

城野に問われて、春菜は頷く。

「目当ての雑誌が売り切れてたとか何とかいって、何軒か引っ張り回された」

「全部つき合わないで、春菜先輩だけ帰ってきちゃえばよかったのに。先輩、ああいうの興味ないんでしょう？」

「俺も探してる本があったから。みつからなかったけど」

「そっか……」

城野は笑顔を浮かべ続けているが、少し困ったような表情も滲《にじ》んでいる。

春菜は春菜で微《かす》かに困惑していた。話は終わった気がするのに、城野はまだ笑っているし、じっとこちらを見ているからだ。

(何か、間が持たない)

城野を前にすると、大体こうだ。

だから城野の姿を見たり、その名前を耳にすると、春菜は身構えてしまって、どうも落ち着かない。最近ずっと。

「先輩も、向こうでみんなと話しませんか。山口先輩のグラビア、覗けずにあぶれてる奴もいるだろうし」

再び城野が口を開くが、春菜は首を横に振った。

「いや、買ってきた本読みたいから」

「あれ、春菜先輩が探してる本はなかったんですよね?」

「探してたやつはなかったけど、目についた新刊をいくつか買ったから」

「そっか……」

再び小さく呟くと、城野はいよいよ笑顔を消してしまった。

しゅん、という擬音がこれほど似合う人もそうはいないだろう、と春菜は感心する。携帯電話で写真を撮っておきたいくらいだ。

それはそれで余計可哀想《かわいそう》な気がするので、春菜は思いつきを実行に移すことは留《とど》まった。

代わりに、目を伏せている城野の頭に手を伸ばし、よしよしと撫《な》でてやる。

城野が目を上げ、パッと、娯楽室で最初に春菜と目が合った時と同じくらいに明るい笑みを浮かべた。

「じゃあ、またな」

だが頭を撫でた手を春菜が離し、そう告げた途端、城野はまたしゅんとしてしまった。

見るからに寂《さび》しげに自分を見上げる城野の顔を見返し、春菜は困って動きを止める。

「あ、す、すみません」

春菜の困惑に気づいた城野が、微かに目許《めもと》を赤くしながら謝ってきた。

「つい、意地汚い真似《まね》を……」

その言い回しに、春菜は噴《ふ》き出しそうになる。

（意地汚いって）

まるでおやつのつまみ食いでもした子供のような言い種《ぐさ》だ。城野の図体ではさすがに子供という印象ではなかったから、やっぱり、犬っぽいなと思う。

「最近全然先輩と話してないから、ちょっと、寂しくて」

言い訳のようにつけ足す城野を見遣り、春菜は軽く首を傾げた。

「先週話しただろ」

先週の水曜日も、今日と同じように城野が寮にやってきて、春菜に声をかけてきたのだ。

「一週間も経ってます」

「何か相談か？」

やたらきっぱりした語調で相手が言うので、特別な用があるのかと春菜が問うと、城野が首を振る。

「いや、そういうわけじゃないんだけど、ただ単に、春菜先輩と話がしたいってだけで……」

城野がこういう申し出をするのは、初めてのことではない。

というか、寮で彼を見かけるたび、春菜に声をかけてきては「一緒に話そう」とか「一緒に遊ぼう」と、誘ってくるのだ。

「でも城野はみんなと話してたんだろ」

「春菜先輩が戻ってくるのを待ってたんですよ。先輩に会いたくて来たんだから、俺」

その台詞を城野から春菜が聞くのも、初めてのことではない。

城野はいつも寮に遊びに来た理由を、「春菜に会いたいから」だと言う。

（変わった奴だよな、城野は）

そう思いはするが、口に出しては言わない。春菜自身が、小さい頃から周り中にそう言われてきて、あまりいい気持ちがしなかったからだ。

「おーい城野ぉ」

なら、部屋に来るか——と申し出ようとした春菜は、それより先に、娯楽室から出てきた生徒の呼び声を聞いて、口を噤《つぐ》んだ。

「てめぇ続きやるぞ、続き。あ、春菜先輩、おかえりなさい」

城野を呼びに来たらしい寮生が、春菜の姿を見て愛想よく微笑《ほほえ》んだ。今年の春に寮長になったばかりの乃木坂《のぎざか》だ。しっかり者で、二年生ながらにきっちり寮全体をまとめている……らしい。春菜はあまり関わりがないのでよくは知らない。

「ちょ、ちょっと待って」

城野は慌てた様子で、乃木坂と春菜を交互に見ている。

「城野、何かやってる途中だったのか？」

「勉強会ですよ。な？」

春菜の問いに答えたのは乃木坂だった。

「この俺に教えを請うておいて、断りもなく中座するとは不遜《ふそん》な奴め」

微笑んだままの乃木坂が城野の首を腕で締め上げ、城野が死にそうな顔で乃木坂の腕を叩《たた》いた。

「悪かったって！」

「じゃあ俺、部屋行くから」

仲睦《むつ》まじくじゃれあう下級生二人に言い置いて、返事は待たずに春菜は階段の上で踵《きびす》を返した。

「あ、春菜先輩――」

背後で城野が春菜を呼んだが、聞こえないふりで階段を上がる。

(俺に会いに来たとか、平気な顔で、よく言うよな)

そう考えてから、春菜は自分がどことなく不機嫌《ふきげん》であることに気づき、戸惑った。

(いや、俺が腹立てるところでもないだろ?)

自分の気持ちの揺れ方が、自分で謎《なぞ》だ。

(言ったら悪いから言わないけど、城野はやっぱり変わった奴だ)

話していて落ち着かない相手なんて初めてだという理由で、春菜はそう結論付けた。

何となくおもしろくない気分で自室の前に辿《たど》り着き、春菜がドアに手を掛けた時、バタバタと慌ただしい足音が聞こえた。

振り返ると、息を切らした城野がいる。

「どうした?」

さすがに驚いて目を瞠《みは》る春菜に、ぜいぜいと肩で息をしながら城野が笑った。

「乃木坂たちには、休憩《きゅうけい》させてくださいってちゃんと言ってきたから」

どうやら娯楽室からここまで、走ってきたらしい。

「何をそんなに急ぐことがあるんだ……」

「いや、先輩、帰っちゃうかなって思って」

「……？」

春菜は首を捻《ひね》りつつ、背後のドアを見遣った。

「帰るも何も、寮だけど……？」

「え、ええと、とにかく、もっと話がしたくて」

「……そうか」

よくわからないが、城野が自分と話したいと心から思っていることだけは、さすがに理解した。

他に目的があって寮にやってきたとしても、話したいという言葉は本当らしいと。

「じゃあ、少し、中入るか？　何も構えないと思うけど」

「……はい！」

喜色満面、というのはこのことだろう。城野は首が取れるのではという勢いで頷いた。

城野を自室に迎え入れるのは、これが初めてではない。何が楽しいのか、城野はやけに春菜の部屋に来たがるのだ。

騒がしい娯楽室で大勢と話そうと言われるよりは気分が落ち着くので春菜は構わないが、寮の部屋は狭《せま》いし、おもしろいものが置いてあるわけでもない。六畳にも満たない洋間は、備《そな》えつけのベッドと学習机、春菜が持ち込んだ本棚でもう一杯だ。

「あれ、また本増えた？」

春菜に続いてその部屋に足を踏み入れると、本棚からあぶれ、床に積み上げられている本を見下ろし城野が言った。

「先週はこの山なかったのに」

「山口に借りたんだ。借りたっていうか押しつけられたっていうか」

「山口先輩かー……」

城野は勝手に空いたスペースに腰を下ろしている。春菜は学生鞄《かばん》を学習机の上に置いて、自分は椅子に座った。鞄から教科書とノート全部を取り出し、課題のあるもの、明日も使うもの、それ以外のもの、と教科ごとに分けていく。いらないプリントはごみ箱へ。必要なものはファイリング。

「で、何の話をするんだ？」

習慣になっている作業をこなしながら、春菜は背後の城野に訊ねた。

「先輩、今日何かおもしろいことありました？」

さすがに返事をするのに背を見せたままなのは礼を失していると思い、春菜は机に向けていた椅子を四分の一だけ回して、城野の方を見遣った。

「特には。普通に朝起きて、学校行って、帰りに本屋行って、帰ってきただけ」

城野は世間話をしたいのかもしれないが、春菜には話題がない。山口と書店巡りをした以外は、今日も平凡な一日だった。

「そっか……」

相槌《あいづち》を打つ城野は、少し残念そうだ。

春菜が話をすると、大抵の人はこういう反応を示す。何でだろう、と以前山口に聞いてみたら、「そりゃ、おまえが相手に興味ないように見えるからだろ」と言われた。

(別に、興味がないっていうわけじゃ、ないんだけど)

多分自分には柔軟《じゅうなん》性が足りないのだろうという自覚が、春菜にはある。あるいは単純に会話のセンスというのか。春菜はとにかく、『意味のない会話』が極端《きょくたん》に苦手だった。

たとえば「今日はいい天気だな」と声をかけられれば、「今日は天気を気にするような行事があるのだろうか」と気になって問い返し、「いやそういうわけじゃないんだけど」と相手を困惑させる。同じクラスになったよしみで「メアド教えて」と言われれば、「でも学校で毎日会えるのに、何で教える必要があるんだ?」と訊ねてしまい、拒んだと思われて、相手の気を悪くさせる。

春菜にしてみれば「用があれば教える」という意味なので相手を拒絶しているつもりはないのだが、そういう辺りも含め、どうも相手が欲しいと思っている返答ができないらしい。

おまけに愛想がいい方ではなく、にこりともせずにそんなやりとりをするものだから、「春菜は怖い」と遠巻きにされてしまう。

そんな調子の自分がいじめに遭《あ》いもせずここまでやってこられたのは幸運だと思っているが、

これも山口曰《いわ》く「いや、多分無視されたり、当て擦《こす》りを言われたり、ちょっとした嫌がらせは受けてても、おまえが気づかなかっただけだろ」ということだった。

『俺が気づかないなら、どっちにしろいじめに遭ったことにはならないだろ?』

『ほらー、晋平のそういうところがなー』

と、なぜか気の毒そうに言われたことを覚えている。たしか高等部に上がって、山口と寮の同室になってからだ。なにが『ほらー』なのかはよくわからなかった。

そして今、自分の部屋に城野が座り続けていることも、春菜には不思議で仕方がない。

春菜が黙ってあれこれ考えを巡らせている間にも、城野は床で膝《ひざ》を抱えて座っている。城野が自分を見ているのがわかって、春菜は彼の方を見ることができない。目が合ったら、何となく、気まずいだろうなと思った。

(何でだかはわからないけど)

城野がここにいることと同じくらい、彼を追い出さない自分が、春菜には不思議だった。春菜は一人でいる時間が好きだ。人づき合いが嫌いなわけではなく、一人で勉強をしたり本を読んでいることの方がより好きだというだけだが、「あいつは変わり者で、人嫌いだ」という評価を受けることについては、仕方がないと思っている。弁解できる話術も持っていない。誤解されること自体に頓着《とんちゃく》しないのなら、それはやはり人嫌いということだ——などと、山口には言われるが。

「……城野は？」

意味もなく、机に置いた教科書をぱらぱらとめくりながら、春菜は自分から沈黙を破った。

「ん？　俺？」

「何かおもしろいこと、あったか？」

春菜が訊ねると、城野が笑った。単純に嬉しそうというよりも、どこか感謝の滲んだ表情に見えて、春菜は複雑な気持ちになる。

城野は、春菜が気を遣って質問を返したことに、気づいている。だから「嬉しいけど、気を遣わせて申し訳ない」という反応になるのだ。多分。

（気を遣ってるわけじゃないんだけど）

自分がそんなに細やかな神経を持っていないことは、春菜も承知している。

ただ何となく、他の人が相手なら気にならないのに、城野には「興味がない」という誤解をされるのが嫌だなと感じている。

だから気を遣っているのではなく、自分の都合なのだ。

「ええと、妹のパンツが母親の畳《たた》んだ俺の洗濯《せんたく》物に混じってたのがみつかって俺がソプラノリコーダーで殴られた事件と、学食でカツ丼頼んだら肉が入ってなかった事件と、中間で赤点取ったら留年の危機事件」

「五点、二点、一点」

「ありがとうございます！」

指折り数えながら並べられた『事件』を春菜がひとつひとつ採点すると、城野にはなぜか勢いよく頭を下げられた。

「……って、留年？　誰が？」

最低点をつけておきながら、春菜が一番気になったのは、最後の事件だ。

「俺が」

「まだ一学期だぞ？」

「二年に進級するのもギリギリだったんだけど、今日の現代文の小テストで零点《れい》取ったら、担任がキレて」

「零点!?」

滅多になく、春菜は驚《おどろ》いた声を上げた。

「零点って、一個も正解しなかったってことか!?」

信じがたい現象だ。春菜は未《いま》だかつてお目に掛かったことがない。

派手に驚く春菜の反応が予想外だったのか、城野は目許を赤くしている。

「や、抜き打ちだったからさあ。ちゃんと予告されて、問題がわかってたら、俺だってもうちょっとは……」

「抜き打ちの小テストは、普段の理解力を試すものだ。担任って、室口《むろぐち》だろ。じゃあ慣用句かことわざだな」

「おにもんなんだよなあ……」

悲しそうに言う城野に、春菜も悲しい気持ちになった。

「城野、多分それは、鬼門《きもん》だ」

「あ、そ、そういう言い方もあるんだ」

城野はますます赤くなってから、両手で顔を覆《おお》ってしまった。

「……俺だって、先輩の前でバカを告白するのに抵抗がないわけじゃないんだけどさ……！」

「大丈夫だ、今に始まったことじゃないから」

励《はげ》ますつもりで春菜は言ったが、城野は身を捩《よじ》り、背後のベッドの上に突っ伏してしまった。

「ですよねー！」

「おまえ……いつも思うけど、どうやってうちの学校に受かったんだ……？」

煌了館は、地域でも名高い進学校だ。わざわざ遠くから入学を希望する生徒がいるからこそ、寮もある。中等部の入学試験の倍率は、少子化と言われる今でも相当高い。

なのに城野の勉強のできなさときたら、春菜には理解不能なレベルだった。おそらくどの教科も、学年で下から数えた方が早い席次だろう。

「中等部の途中までは、そこそこ賢《かしこ》かったんですよ。親が熱心だったし」

沈痛な面持《おもも》ちでベッドから頭を上げ、城野が恥ずかしそうに言う。

「でも二年くらいで、すっかり勉強に飽《あ》きたっていうか。小学校からの貯金もなくなって、そもそも高等部に進めたのが奇蹟《きせき》って言われてるし」

「受験の反動でそうなる、っていうのは、聞いたことあるけど……」

春菜は高等部からの編入組で、その試験に比べれば内部進学のハードルは低いと聞いている。それすら奇蹟と評されるのなら、城野の成績は本当に危険な水域に達しているのだろう。

「大学はエスカレーター式じゃないんだぞ。就職するにしたって、高校卒業と中退じゃ、入れるところが違ってくるし」

「わかってる……から、ここんとこ下の部屋で乃木坂たちに勉強教わってるんです」

「ってさっき言ってたけど、勉強してたのか、あれで？　実は遊んでたんじゃなくて？」

娯楽室から聞こえた笑い声は、とても勉強中のものには聞こえなかった。

「いや、俺は真剣に勉強してるつもりなのに、あいつらが笑うから」

「……笑いごとじゃないのにな？」

春菜も真剣に相槌を打ったつもりなのに、城野はまたベッドに突っ伏してしまう。

「悲しまれるよりは笑われる方がまだマシだ……！」

「あ、悪い。笑おうか？」

「違う、そうじゃないんですよ、春菜先輩！」

城野は拳《こぶし》でバンバンとベッドを叩いている。芝居がかっているので本気で嘆《なげ》いているわけではないことはわかったが、しかし春菜には申し訳がなかった。

「どうしたらいいんだ、俺は？」

また、相手の望む答えを返せなかった。

春菜はできれば、城野を喜ばせたいと、ぼんやり思っているのに。

城野がのろのろとベッドから顔を起こし、春菜を見上げる。真面目《まじめ》な顔をしていた。

「……由司君頑張れ、って抱き締めてくれたら」

「……？　いや、そんなことしても、意味ないだろ？」

「ある」

それよりは去年のノートでも貸した方が、と思いついて学習机の抽斗《ひきだし》に手をかけた春菜の背に、城野がぽつりと呟いた。

「あるんですよ。好きな人に励ましてもらうっていうのが、一番やる気が出るんだから」

「……」

城野は二年次のノートを抽斗から探して引っ張りだす間、黙《だま》って考えて、最終的に城野の呟きを聞かなかったことにした。

「ほら、去年は俺も現代文の担当室口だったから。テストに出そうなところはマーキングしてあるし、あとで一学期中間の問題用紙も探しておいてやるから」

「……ありがとうございますー……」

城野は深々と頭を下げ、表彰状《ひょうしょうじょう》をもらう時のように、両手を春菜の方へ差し出した。春菜はそこにノート数冊を握《にぎ》らせてやる。

平静を装いながらも、心臓が変なふうに跳《は》ねていることには自分で気づきたくなかったし、城野も気づいたりしなけりゃいいなと思った。

「城野は国語が一番苦手なんだろ。だったらやっぱり、本を読むのがいいと思うんだけどな」

椅子に座り直し、春菜はノートの表紙をまじまじと見ている城野を眺《なが》めながら言った。

「適当に見繕《みつくろ》ってやるから、読むか？」

「う……うーん、春菜先輩のおすすめなら、読みたいのは山々だけど……また借りっぱなしになるかもしれないしなあ……」

城野は苦悩しているようだ。去年も、春菜は城野に本を数冊貸している。それは未だに返却されておらず、城野の様子からして、ろくにページもめくっていないのだろうと予測はついた。

「借りたやつも、読もうと努力はしてるんだけど、何行か読むと眠くなって……字小さいし、何ていうかページが真っ黒で……すみません、先輩が好きな本って言ってたのに」

「いや、ドイツの活動家の手稿集とか、大体の人は興味ないらしいから」

そう、その時は、「先輩の好きな本を俺も読んでみたい」と言われて、ちょうどその時読み終えたものを貸したのだ。城野に出会った直後のことで、この学校に通っている生徒が、まさか著《いちじる》しく学力に不自由しているなんて思いもしなかった。

「そうだ、俺よりは山口に聞いた方がいいかもしれない」

　思いついて、春菜はそう提案した。

「え……山口先輩？」

「うん。山口は割とベストセラーの小説とか、ライトノベルも読むから。映画の原作になったやつなんかなら、あらすじもわかるし、読みやすいだろ」

　春菜はいい案だと思ったのに、城野は何だか渋い顔をしていた。

「山口先輩に借りを作るのはなー……」

「何で。山口のこと嫌いなのか？」

「いや嫌いじゃないけど。苦手じゃないとも言わないけど」

　城野の返事は煮え切らない。山口にいい印象を抱いていないのは確かだった。

「山口は口も性格も悪いし、下ネタが多くてたまに面倒臭いけど、あれで頭はいいぞ？」

　友人に対する春菜の評価を聞いて、城野がますます渋い顔になる。

「春菜先輩って、山口先輩と本当に仲がいいですよね。いつも思うけど」

「仲がいいかどうかはともかく、一番話す相手ではあるな」

　山口とは、一昨年入寮した時に同室だった。二年生に進級した時はお互い個室を希望したため部屋が別れたものの、クラスは一緒になった。今年度はクラスも離れてしまったが、今日のように下校時に連れ立って出かけることはある。

「……やっぱ、頭のいい人同士、気が合うのか……」

春菜のノートを見下ろす城野の眉根が寄っている。春菜と山口は、入学以来、学年で一、二位の成績を争い続けていた。成績上位者は席次が貼《は》り出される伝統なので、それは城野も知っているらしい。

「まあ、最初に同じ部屋になったのが山口でなくちゃ、寮で浮いたままだったとは思う。今以上に」

「そんなに？」

今以上に、という言葉に対する城野の返答がそれだ。城野の目から見ても、自分は浮いているのだなと確かめて、春菜は何となく気恥ずかしい心地になった。

「多分。小学校でも中学校でも浮いてたみたいだけど、高校に入ってからも、最初は周りの反応が似た感じだったし。程度の差はあれ」

「へー……何でだろ。春菜先輩、優しいのに」

不思議そうに呟く城野を見て、今度は春菜の方が眉根を寄せた。

そこに力を入れていないと、変に照れた顔になってしまいそうだったからだ。

「そんなこと言うの、城野くらいだぞ。俺はずっと冷たいとか、空気読めないとか言われてた。中学の時は、あまりに読み切れずに浮きまくってることを学校から注意されて、転校を薦《すす》められたくらいだし」

「え……そうだったんですか？」

「そうだった。俺は気づかなかったんだけど、どうも俺のせいでクラスの雰囲気が悪くなってたらしい。何でかはわからないけど、わからないところが問題だったんだろうなとは思う」

今でも本当に理由がわからないことを、春菜は申し訳なく思っている。

他人を引っかき回したいと思ったことは一度もない。「春菜はそうやって俺たちをバカにしてるんだろ」といきなり親しくもないクラスメイトから糾弾《きゅうだん》された時は、悲しくもあった。

「一時期、人に対してどういう受け答えをしていいのかわからなくなって混乱してたら、心配した親が煌了館に入ったらどうかって提案してきた。父親の母校で、進学校だけど校風が自由というかユルいし、俺には合ってるかもしれないって言われて、まあ地元の高校に行っても小中学と同じ顔ぶれだし、だったら環境を変えた方がいいかなと俺も思って」

「……」

城野はじっと春菜を見上げながら、大人しく話を聞いている。

春菜は、「俺は今、変な話をしているなあ」と思いながらも、何となく言葉が止まらなかった。

「ここに来てからも、誰かと話すと相手が戸惑ったり、気を悪くしたりってことがあった。寮に入ってすぐの生徒には上級生が『指導係』とか言って面倒見る決まりがあったけど、その人には匙《さじ》投げられたくらいだ。けど、山口だけは俺が何か言ってても大体おもしろがってた。山口が根気強く俺に話しかけてくれたおかげで、周りの人も慣れていったっていうか……山口が言ってたけど、『孤立してる奴は警戒されるけど、誰か一人でも親しくしてるように見える相手がいれば、周りは安心する』って」

両親の期待どおり、みんな勉強ができる生徒ばかりだったから、春菜の成績がよすぎて浮く――という、小中学の時に起きた現象は避けられた。学校の雰囲気はたしかに暢気《のんき》だったし、進学のために寮に入ったという生徒は自立心が強くて、複合的な理由で春菜は周りからそっとしておいてもらえた。

そして今では他の生徒からも普通に声をかけてもらえるのは、やはり山口のおかげだと春菜は思っている。

中学までは、春菜に声をかけるのはじゃんけんに負けた者、みたいなルールまであったらしいのだから。

春菜は友達だと言ってくれる相手も今ではそれなりにいるなんて、山口と会うまでは想像もつかなかった。

「だから、山口には感謝してる。今は人生で一番居心地がいいから」

「……いいなあ」

春菜の話を黙って聞き続けていた城野が、溜息《ためいき》を吐くように、小さな声で言った。

「俺も寮に入りたい。春菜先輩と同じ部屋になりたかった」

「城野は、家近いだろ」

自宅は学校から徒歩で十分もかからないと、前に聞いた覚えがある。寮とは反対方向だから、ここからは二十分くらい必要らしいが、何にせよ自転車すら必要のない距離だ。

「二年は二人部屋もあるけど、三年になれば全員個室だし」

「そうだけどー、まあそうなんだけどー」

城野はブツブツと不満そうな呟きを漏《も》らしている。春菜はその顔を見下ろして軽く首を傾げた。

「家族に不満でもあるのか？」

「そういうことじゃなくてー……」

「だったら自分の家の方が気楽だろ。俺はいくら山口が気に懸けてくれてたとはいえ、集団生活に馴染《なじ》めなくて苦労した。暗黙のルールみたいのがなかなか把握《はあく》できなくて、指導係の先輩を激怒させたし」

「……俺、先輩に会いたくて、つい寮に来ちゃいますけど」

またノートをみつめていた城野が、顔を上げ、春菜へと視線を移した。

「俺が迷惑だったら、迷惑って言ってくださいね。ちゃんと、すぐに出てくから」

真剣な顔で言う城野に、春菜も真面目に頷いてみせる。

「言うよ、勿論」

迷惑だと感じたら、追い出さないでくれと懇願《こんがん》されたところで、叩き出すか、自分が逃げ出すかせずにいられなかっただろう。

そうやって思ったとおりに振る舞うから周囲に持て余されることがあると、春菜は山口の忠告のおかげもあって、知っていた。

「……そっか」

頷いた城野がどことなく嬉しそうな表情になったので、春菜は不思議な心地になった。自分がこういう受け答えをしたら相手は気を悪くするかもしれないと、経験則で何となく予測していたのに。

でも城野が笑ってくれたのが、春菜にも嬉しかった。

自分の言葉で誰かがそういうふうに笑うのは、春菜にとっては珍しいことだ。山口もよく笑うが、嬉しいというよりもおもしろいという風情の笑いだから、城野の反応はやはり珍しい。

つられて笑った春菜を見て、城野がまた笑う。

「先輩、俺ね」

そして何かを言いかけたところで、その制服のポケットから携帯電話の着信音が響いた。

「あ」

慌《あわ》てた様子で、城野がポケットに手を入れて、音楽を切っている。

「出ていいぞ」

「いや、メールだから。……サイレントにしとけばよかった」

「友達か家族の用事じゃないのか？」

春菜が重ねて促《うなが》すと、城野は仕方なさそうに携帯電話を確認した。

「あー……乃木坂からだ。いい加減休憩終わりにしろ、って……」

「戻れよ。俺は食堂空くまで、本読むし」

追い出しはしない、と思った矢先に、春菜は城野を追い出すような言葉を口にした。

「……はい」

城野は喰《く》い下がることなく、頷いて、立ち上がった。

「ノート、どうもありがとうございます。コピー取って返しますね」

「手で写せ、少しは身になるから。時間かかっても構わないし」

「はい」

神妙に頷いた城野が、春菜の部屋を出ていく。視線だけで見送ると、城野がドアのところで笑って手を振ってきたが、春菜は小さく頷くだけに留めた。

城野が部屋を出て行って、静かにドアが閉まる。

（――これだから、『先輩に会いたくて来た』とか言われても、やっぱり信用ならない）

寮で顔を合わせると、城野はいつもそう言う。

今日は追いかけてきてまで言った。もっと話がしたいとか何とか。

あまりに同じことを繰り返すから、まるで口癖《くちぐせ》みたいに聞こえる。

（『先輩だけに』とは言われてないんだし、嘘《うそ》でもないのか）

城野は成績は悪いが、人気者だ。

誰が相手でも人懐っこくて、明るくて、嫌なことを言わないから、みんなが彼に好意を持つ。

春菜ですら、城野にいい印象を持たずにいるにはどうすればいいか、思いつかないくらいだった。

（勉強ができるだけの俺より、よっぽど賢いんだろう）

そして自分がなぜそれについて複雑な心地になるのか、春菜にはよくわからなかった。

考えるのが少し面倒になって、城野を追い出す口実にしたとおり、買ったばかりの本を手に取る。読書をしていれば余計なことを考えずにすむだろう。

そう期待してページを繰《く》ったが、春菜の予想に反して、文字の羅列があまりよく頭に入ってはこなかった。

結局本のページを開いたまま、城野がいなくなったあとも城野について考えを巡らせてしまった。

ぼんやりしていた春菜が我に返ったのは、ノックの音が聞こえたからだ。

「何？」

相手が誰かはわかっているので、名前ではなく用件を問う。

「下がうるさすぎるから抜けてきた」

ドアを開けて入ってきたのは、春菜の予測どおり山口だった。春菜の個室にわざわざやってくるのは山口か城野だけで、城野はさっき去ったばかりだし、城野だったらもっと遠慮がちにノックする。

「で、何で俺の部屋に来るんだ」

娯楽室の賑やかさに耐えかねたというのなら、自室に戻ればいい。

訊ねた春菜の方に近づいて、山口が手にしていた蜜柑《みかん》をふたつ、机の上に置いた。

「さっき届いた、森丘《もりおか》の実家からの差し入れ。ハイエナ共に奪い尽くされる前に、晋平の分も取ってきてやった」

「そりゃどうも」

蜜柑は好きだ。春菜は素直に礼を言った。山口は勝手にベッドに腰を下ろしている。

「そうだ、山口、読みやすそうな小説を二、三冊貸してくれ」

「城野に貸すために？」

思いついて口にした頼み事に、打てば響くような返事があって、春菜はさすがに驚いた。

「そうだけど、何でわかった」

「おまえは『読みやすい』『小説』なんて読まないだろ。で、俺以外に本を貸す相手はどうせ城野しかいない。何でって聞くほどのことじゃない」

「どうせはいらない、どうせは」

「どーせ、城野が読むなら、絵が多くて文章が少ない系のラノベがいい……ってことはないか、あいつのアホ矯正《きょうせい》の教本として使うなら、世界名作の子供向けでも読ませれば？『Les Misérables』より『ああ無情』、『モンテ・クリスト伯』より『がんくつ王』」

これだから、春菜には山口が話しやすいと感じる。言わんとすることを先回りして把握してくれるのは、とても楽だ。

たまに、「こいつは俺の脳内を読んでいるのではないか」と、怖ろしさを感じることもあるが。

「でも、城野はメンタリティが幼いわけじゃないと思うけど」

「そりゃ情緒《じょうちょ》だけなら晋平より発達してるしな、そこを学ぶ必要はないだろ。ふりがなが多い出版社をリストアップしてやるから、市立図書館で探してこいよ。煌了館《うち》の図書室に城野向けの読み物はないぞ」

言いながら、山口は妙にニヤニヤしている。あからさまにこちらをからかう時の表情なので、春菜は身構えた。

「何かおかしいか？」

「晋平が人のために俺に頼み事をする、っていう状況が非常に新鮮でね」

「……そういえば、そうだな」

たしかに、今まで誰かのために自発的に何かをしようと思ったことが、春菜にはない。例外は家族に対してくらいだ。

「でも山口が困ってても、俺は何とかしようと思うぞ？」

「……おまえのド天然は、照準が合ってても外れてても強烈だよな、毎度ながら」

山口の表情が、ニヤニヤ笑いから、苦笑染みたものに変わった。言葉の意味は、春菜にはよくわからなかった。

「そういや、城野が娯楽室で何やってるか、晋平知ってる？」

「勉強だろ。乃木坂に教わってるって言ってた」

「んっ？」

山口が少し、首を捻る。

「城野がそう言ったのか？」

「中間で赤取ったら留年だって」

「実現したら、確か五年ぶりの快挙だな」

「いや、不祥事《ふしょうじ》だろ……じゃなくて、勉強以外のことしてるのか？」

「いや、勉強だろ」

「……」

禅《ぜん》問答をしている気分になってくる。春菜が山口の性格が悪いと判断するのは、こういう時だ。おもしろがってわざと話をはぐらかす時。

（俺は勝手に話がズレていくのに、山口は絶対故意だから、性質《たち》が悪い）

しかも行動原理が『山口にとっておもしろいか、おもしろくないか』なので、始末に負えない。

（こういう奴でもなければ、俺に懲《こ》りずに話しかけたりはしてくれなかっただろうから、いいんだけど……）

いつもそういう結論になって、春菜は山口から真意を聞き出すことを諦《あきら》める。これまで春菜の態度が改善されることを諦めて去っていった者は大勢いるが、春菜の方が諦める相手など、山口以外にはいなかった。

「この蜜柑、一個山口のか？」

仕方なく、春菜は話題を変える。

「いや、俺は下で食べてきたから、両方やるよ」

春菜が蜜柑に手を伸ばそうとした時、机の上に置いてあった携帯電話が光った。メールが届いている。山口が目の前にいるのなら、差出人は実家の両親か、でなければ城野だ。他にメールアドレスを教えている相手はいない。

確認すると、やっぱり城野からだった。

『夕食の時間始まったみたいだから、家に帰ります。トンカツだから、早く行かないとなくなるかも。じゃあ、また会いに来ますね』

寮の夕食は、決められた時間内に食堂に向かい、各々《おのおの》好きなタイミングで好きなように食べる仕組みだ。基本的に一人ずつ同じメニューを同じ分量用意されているが、食堂が閉まる間際になると、予備と引き取り手のないおかずの皿は早い者勝ちで奪われてしまう。

——ということを心配して、城野が連絡をくれたらしい。

(律儀《りちぎ》な奴だな……)

春菜は携帯電話を手にしたまま、立ち上がって窓に近づいた。外は夕闇《ゆうやみ》。眼下には寮の前庭。その庭の途中で立ち止まり、寮の建物を見上げている制服姿がある。

城野だ。

城野はすぐに春菜に気づいて笑い、手を振ってきた。

が、その笑顔がふと消える。

「何だ、ロミオとジュリエットか、おまえら」

いつの間にか山口が春菜の真横に立っていて、笑いを堪《こら》える声で呟いた。

「さっきまで普通にここで会ってた」

「手ェ振り返してやんないの？　すげぇこっち見てるけど」

城野は片手を挙げたまま、それを振るのを忘れた様子で、春菜の部屋の窓を見上げている。

そうか、振り返そう……と春菜が携帯を持つ手を挙げた時、玄関から乃木坂を含めた数人の寮生が転がり出てきて、城野にぶつかるように肩を組んだり、背中を叩いたりしている。どうやら城野を見送りに来たらしい。

寮生たちに連れられて、城野は門の方へ歩いていき、春菜の部屋の窓からその姿は見えなくなる。

（……これだから、『先輩に会いたくて来た』とか言われても、信用ならない）

さっきと同じことを、春菜はまた考えた。

なぜそんなふうに思ってしまうのかはよくわからない。他の人に対して感じたことはない、そのせいで何と言い表していいのかわからないもやもやしたものが、胸の中でわだかまっている。

城野の姿はもう見えなくなったというのに、携帯電話を握り締めたまま、春菜はしばらく窓辺で立ち尽くす。

「可愛い後輩が自分以外のやつと仲よくしてて寂しい？」

真横から問われ、春菜はぎょっとした。

自分の心の声かと思ったら、山口だ。

「あれ、まだいたのか、山口」

すっかり存在を忘れていた。

「相変わらずひでぇな」

笑ってそれだけ言うと、山口も春菜の部屋を出ていった。

2

昼休みに学食で手早く食事をすませてから、春菜《はるな》はいつもどおり図書室へ足を運んだ。

長い休み時間に図書室で過ごす、というのは、小学生時代からの春菜の習慣だ。単純に本が好きだという理由が一番だが、教室にいるよりも他の生徒との軋轢《あつれき》が生じなくなるから、という理由もあった。高校に入ってからは、教室で居辛《いづら》さを感じることはなくなってはいるものの、習慣なので毎日そうしている。

図書室は場所柄静かだが、それなりに利用者がいた。特に自習テーブルは人気だ。春菜は空いている席に適当に腰を下ろし、持参した教科書とノートを広げた。さっき授業で出たばかりの課題を、さっさと片づけてしまおうと思った。

ペンを握った途端、科目は数学だったのに、何の脈絡もなく城野《しろの》のことを思い出してしまい、ノートに『Les Misérables』『Le Comte de Monte-Cristo』と書き付ける。放課後になったら市立図書館に行って、城野のために山口《やまぐち》がリストアップしてくれた本を借りてこよう、と考える。

（……そういえば、最初に話したの、ここだっけ）

春菜はさらにそう思い出し、その時のことについて、考えた。


城野と初めて会ったのは、というよりも春菜が城野の顔と名前を知ったのは、七ヵ月ほど前のことだった。九月の半《なか》ば。前期に引き続き、春菜は後期の図書委員に選ばれた。「どうせいつも図書室にいるんだから」という理由で任命されて、同じ理由で引き受けた。

第一回目の委員会は、昼休みの多目的ルームで行われた。図書室と同じ階にある、机と椅子とホワイトボードだけ並んだ教室だ。席の指定はなかったので、春菜は何となく入口に近い隅《すみ》っこに座った。春菜と同じく、前期から引き継いで委員になった生徒の姿もちらほら見かけたが、声をかけ合うほど親しい者はいなかった。

委員長に選ばれた二年生の生徒が、委員会を進行していった。当番の仕事やローテーションの説明が続き、その途中で、勢いよく教室のドアが開いた。

「すみません、一年三組の委員です、週番の仕事で遅くなりました！」

そう言って飛び込んできたのは、背の高い、どこか人好きする顔立ちの生徒だった。

音と声に驚いて振り返った生徒たちは、姿を見せたのが彼だとわかると、笑って口を開いた。

「おっせーよ」

「大御所気取りかよ、城野」

そのすべてが笑いを含んだ、好意的な声のからかいだった。城野と呼ばれた生徒は片手で謝罪のポーズを作りながら、顔を赤くしていた。

「まぁた城野か。さっさと席につけ、どこでもいいから」

教師までがそう笑っていた。

その場にいる大半の生徒が、城野を知っていたようだった。

(人気者なんだな)

みんなの笑い声、言葉の調子は、やはり好意的に聞こえる。からかってはいるが、当て擦ってはいない。

だからきっと、城野という一年生は、みんなに好かれている人間なのだろうと春菜は思った。

城野は恥ずかしさと申し訳なさを滲ませた笑顔を浮かべながら、これ以上進行の邪魔にならないようにと、背中を丸めてそっと手近な空席に座った。春菜からひとつ置いた隣の席だった。

急いで走ってきたらしく、城野の息は上がっていた。その呼吸を抑えようと、手で口を押さえて、深呼吸を繰り返している気配がした。

その気配と一緒に、グーグーと、腹の鳴る音も響いていた。

みんな委員長の説明を真面目な様子で聞いてはいるが、小刻《こきざ》みに肩が震え、忍び笑いが漏れている。

春菜は笑いこそしなかったが、あまりに豪快な腹の音が気になって、ちらりと城野の方を見た。

城野はすっかり真っ赤になって口許と胃の辺りを片手ずつで押さえ、下を向いている。

――そこで春菜は、生まれて初めて『誰かの様子を見るに見かねて』行動を起こした。

ポケットを探って、常備しているぶどう糖のタブレットを取り出す。飴《あめ》のようにビニールに包まれたものを一粒。それを、体と腕を伸ばして、城野の机の上に放ってやった。

城野は驚いた顔でまずぶどう糖を見下ろし、それから春菜の方へ首を巡らせると、ひどく照れたような、そして嬉しそうな顔で笑った。

その様子を見ていた春菜には、何となくだが、彼がみんなに好かれる理由がわかったような気がした。

無事委員会が終わったあと、早速貸し出し当番に当たった春菜は、図書室に移動してカウンターの中で黙然《もくねん》とビニールカバー貼りの作業に励んだ。

「あの、春菜先輩」

全面糊《のり》付けされたビニールを、いかに綺麗に本に貼るか――ということに腐心していた春菜は、目の前に人がいることに気づかず、突然名前を呼ばれて驚いた。だがカバー貼りが途中なので、そこから視線を逸《そ》らすことができない。

「ちょっと待って」

それからたっぷり三分ほどかけて、春菜は作業を完遂《かんすい》し、ようやく顔を上げた。

息を詰めて春菜の手許を見ている城野がいた。

「終わったけど」

「あ」

春菜が呼び掛けると、城野は大きく息を吐き出した。春菜の邪魔をしないように息をひそめていたのか、それとも一緒に作業しているつもりで緊張していたのか。

どっちにしろ、城野の様子は、どうも微笑ましかった。

「すごい、綺麗に貼りますね」

「前期もやったから」

「そっかー」

感心したように頷く城野を見て、春菜はそこで初めて、相手が自分の名を呼んだことに疑問を抱いた。

「何で俺の名前知ってるんだ」

「先輩、有名ですよ。編入生なのに、あの山口先輩と学年首位争ってるって」

「有名なのか……」

それは初耳だった。春菜自身は、噂話《うわさ》の類《たぐい》に疎《うと》い。自分がそうなる時があるから『二年生の学年首位が誰か』ということを知っているが、そうじゃなかったら興味はない。他の学年の席次なんて、さらに。

「さっきはありがとうございました。城野と言います。一年三組です」

城野は礼儀正しく言って、礼儀正しく頭を下げた。躾《しつ》けの行き届いた家庭で育ったのだろうな、というのがわかる雰囲気だった。

「腹減ってるなら、早く学食に行った方がいいんじゃないのか？」

城野がすでにこちらを知っているのなら、改めて名乗る必要もない。春菜は代わりに城野へとそう告げた。春菜の渡したぶどう糖タブレットのおかげで、城野の腹の音は鳴り止んだが、あんなもので腹一杯になるはずがない。

親切のつもりで言った言葉だが、口調が素っ気なくなってしまったので、春菜は少し迷ってから付け足した。

「油揚げすら売り切れた素うどんしかなくなるぞ」

「自宅通いで弁当持参だから、大丈夫です。ありがとうございます」

城野は屈託《くったく》なく笑っている。まるで追い払おうとしているかのように聞こえかねない春菜の言葉を、春菜の内心どおり、親切と受け取ったようだった。

「さっきの、飴かと思ったら、砂糖でびっくりした。何で砂糖なんか持ち歩いてるんですか？」

「砂糖じゃなくて、Ｄグルコース」

「何それ？」

「$C_6H_{12}O_6$」

「……!?　何語!?」

「……!?」

城野は驚いていたが、春菜だって驚いた。

「分子式。正気で訊《き》いたか？」

「あ、あー……何か、聞いたことある、かも」

城野の目は泳いでいた。ぶどう糖の分子式を知らなかったのか、それとも分子式というものの存在を知らなかったのか、怖ろしくて春菜には聞けなかった。どちらも春菜にとっては、小学生で理解していなければおかしいレベルだったからだ。

（――いや、こういう態度が、よくない）

この手の失敗を何度も繰り返してきて、それの何が悪いかは、根気よく教えてくれる山口のおかげで少しわかった。何が、という理由はわからなくても、何かが悪いということくらいは。

（俺の方が、人よりわからないことが多いんだから、よくない）

山口以外で好意的に自分に声をかけてくる生徒なんて、春菜には久しぶりだった。編入から一年半が経って、寮やクラスの生徒は春菜の扱いに慣れてきたが、慣れてきたがゆえに「特別に差し迫《せま》った用事がない限り、春菜には声をかけない方が、お互いのためである」という認識が浸透している。

好きな勉強や読書に没頭できる状況は、それはそれで気持ちのいいものだったが、こうして城野に声をかけられれば、春菜は自分が人との交流が嫌なわけではないことを思い出した。それを嫌がるのは、常に、春菜の周りにいる人たちの方だったのだ。そういえば。

「脳に栄養。ぶどう糖の方が吸収が速いから。おまじない程度だけど」

春菜は珍しい相手に、どうにか歩み寄ろうと試みた。

「そっか、先輩、頭いいから必要なんだ」

どうやっても城野のように人懐っこい喋《しゃべ》り方などできなかったが、そんな春菜の言葉を聞いても、城野は気を悪くした様子もなく笑っている。

「あれ、口に入れたら水みたいにサーッと溶けて、またびっくりしました。すっごい甘くて、頬袋《ほおぶくろ》に沁《し》みたし」

「頬袋？　人間に頬袋はないだろ？　大丈夫か？」

春菜はいよいよ城野の学力が心配になってきた。不安になる春菜を見て、城野がようやく不満そうな顔で唇を尖《とが》らせた。

「ありますって。甘いもの食べると、この辺痛くなりませんか？」

伸びてきた城野の指が、頬骨と耳の中間くらいに触れた。あまりに躊躇《ちゅうちょ》なく触れられて、春菜は驚いた。

「ならない」

「え、マジで？　俺なるし、友達もなるって奴いるけど……」

「内耳炎《ないじえん》か、顎関節症《がくかんせつしょう》？　じゃなくて、単に唾液腺《だえきせん》が収縮するせいか……？」

思い当たる症状を呟いていると、いきなり頬をつまれ、春菜はさらにぎょっとした。

「何？」

「ほっぺたが落ちるってことかもと思って」

なぜ頬を抓《つね》るのか、という質問の答えにはなっていないが、春菜は少し納得した。

「そういう慣用句の元になる現象があるのかもな。ちょっと、調べてみよう……」

「え、じゃあ、わかったら教えてくださいね」

そう言いながら、城野は春菜の頬から指を離し、代わりにポケットから携帯電話を取り出した。

「赤外線、俺が送信で」

城野の言葉と仕種があまりに自然だったため、春菜はつい頷いて、自分もポケットから携帯電話を取り出してしまった。

赤外線通信のやり方は、山口に教わって覚えた。山口とアドレスを交換した時しか使うことはなかったが。

一分と経たず、春菜は初対面の後輩のメールアドレスや電話番号や住所、生年月日に星座に血液型まで知ってしまった。

　春菜の方はメールアドレスと電話番号しかプロフィールに登録していなかったので、城野に問われるまま、口頭で答えさせられた。

　そして血液型を教えた時、また城野の腹が大きく鳴った。

　やはりぶどう糖一粒では足りなかったようだ。それまで城野のペースでことが運ばれることに少々戸惑っていた春菜は、相手が慌てて腹を押さえる姿を見て、笑いを零《こぼ》した。

「ほら」

　ポケットから、ぶどう糖の包みを新たに取り出して、城野に差し出す。

「これ食べながら、学食行け」

「――ありがとうございます」

　嬉しそうに笑って、城野が掌《てのひら》を春菜に向けた。


（山口にその時のことを話したら、餌付《えづ》け、とか言ってたか）

　その後山口と一緒にいる時に城野に声をかけられ、「何で学年も違うし寮生でもない城野とおまえが知り合いなんだ?」と心底不思議そうに問われた。春菜の説明を聞いた時に、「なるほど、餌付けして懐かれたのか」とやたらに笑われた。

（そんなこと言うから、城野の印象が犬になるんだよ）

城野がぶどう糖を受け取り、それを妙に大事そうに握り締める姿は、七ヵ月経った今でも簡単に思い出すことができる。

あれ以来城野は確かに春菜に『懐いて』、学校で擦《す》れ違えば必ず声をかけてくるし、昼休みに一緒にランチをなどと誘いに来ることもあるし、とうとう寮の部屋にまでやってくるようになった。

春菜の携帯電話の着信履歴《りれき》とメールフォルダは、ほぼ城野の名前で埋め尽くされている。そんなに頻繁に連絡が来るわけではないが、何しろ他に両親と山口しか春菜の連絡先を知らないもので、必然的にそうなってしまう。ＤＭだの迷惑メールすらも届かないため、去年の秋に初めてもらった城野からのメールが、まだ受信フォルダに残っているくらいだ。

城野の名前が並んだ履歴を山口に見られて、からかわれた時は、どうしてか無性に恥ずかしかった。

メールをする相手が少ないことがからかう理由になるとも思えなかったのに、本当に、どうしてなのか。

（中学の時、履歴に親の名前しかないことは、色々言われても気にならなかったのにな……）

城野との出会いやそれ以降のことについて思いを巡らせているせいで、春菜の課題は一切進んでいない。頬杖をつきながら、ペンでさっき書いた本のタイトルを無意味になぞっているだけだ。

「——何語ですか?」

ぼうっとそのタイトルを眺めていたら、怪訝《けげん》そうに問いかける声が聞こえた。

驚いて顔を上げたら、隣に城野が座っていた。

目を丸くしている春菜を見て、城野は笑っている。

「びっくりした」

「ぼーっとしてました?」

一体いつからそこにいたのか。もっと早く声をかけろ……と言いたかったが、多分城野は春菜の勉強を邪魔してはいけないと大人しくして、しかしどうもうわの空であることに気づいたから、呼び掛けてきたのだ。

「ちょっと、考えごと。これはフランス語」

「読めねー……」

他に図書室を利用している生徒もいるので、春菜も城野も声をひそめている。城野は春菜の声が小さすぎて聞き取れないのか、椅子ごと身を寄せてきた。

「城野、今日、当番か?」

城野は一年生の後期に引き続き、二年生の前期も図書委員をやっている。春菜はどの委員会にも入らなかった。他に立候補者がいたのだ。

「ううん。先輩がいるかなと思って、来ただけ」

七ヵ月前に声をかけてきた時と変わらない、屈託のない笑顔で城野は答える。

「先輩相変わらず、集中するとまったく周りに目が行かなくなりますよね。俺が当番の時以外も結構図書室にいるの、気づいてないでしょ」

「……そうなのか？」

「そりゃ、たまたま何度も図書室帰りの先輩と廊下で行き合うなんて、おかしいでしょう？」

昼休み、図書室から教室へと戻る途中の廊下で、城野とよく遭遇《そうぐう》する。図書室と三年生の教室の間に二年生の教室があるので、不自然に思ったことはなかった。しかしそういえば、顔を合わせるのが二年生の教室前ではないことも多かった。

「そういう時、本当はここに来て先輩の姿見て、先輩が帰る素振《そぶ》りを見せたら先に出て、廊下で待ち伏せしてるんです。たまにね」

「何で」

「毎日だとクラスの奴とかが勘《かん》ぐって、あとつけようとかし始めるから、あんまり頻繁にできなくて」

「いや、たまにの理由を聞いたわけでなく――」

城野の行動というか発言が不可解すぎて、さらに訊ねようとした春菜は、斜《なな》め前に向かっている別の生徒が渋い顔をしていることに気づいた。目が合うと、「静かに」というように、唇

館内はお静かに。

に指を当てる仕種を向けられる。小声とはいえ、話し続ける気配がうるさかったのだろう。

「先輩、外行きませんか？」

城野も、注意されたことに気づいて、春菜に耳打ちしてきた。課題は手つかずだったが急ぎではないし、喉が渇《かわ》いた気もするので、春菜は頷いて立ち上がる。城野と一緒に図書室を出た。中庭にある飲み物の自動販売機目指して、階段を下っていく。

「城野は、暇なのか？」

城野は身軽で、少し跳ねるように階段を下りる。春菜より数歩先に進んでは、踊り場で振返って待つという動きを繰り返していた。落ち着きがない。散歩で大喜びの犬みたいだ。

「うん、午後当たる授業も課題もないし」

春菜は、「今暇なのか」と訊いたのではなく、「図書室に来る理由」をもう一度訊ねたつもりだったのだが、また思ったような返事がこなかった。

城野とはたまに会話が嚙《か》み合わない。

他人と会話が嚙み合わないことは、春菜にとって珍しくなかった。大体は春菜が真面目に答えているつもりなのに、相手が「意味がわからない」と気後れしたり、怒ったりして去っていくことの方が多かったが。

(俺の質問が、曖昧すぎるんだろうか)

山口と話していて嚙み合わなくなるのは、相手が故意にそうしているからだが、城野はそういうつもりもないように見える。

（いや……そうじゃなくて）

階段を下りきり、中庭に続く廊下を、城野と並んで歩く。

「暇潰しに、俺に会いに来てるのか？」

「違うよ。会いたいから会いに来てるんです」

春菜が訊ねてみた言葉に、城野からは間髪《かんはつ》を容《い》れず返答がきた。

「暇じゃなくても、時間を作ってる」

「何で」

「だから、会いたいから。好きだから、っていつも言ってるでしょう？」

「……」

そう、城野は繰り返し、春菜に向かって「好き」だと言っている。面と向かっても、メールでも。

とても気軽に聞こえる調子で、何度も、何度も。

――その言葉がまったく信用できないから、会話が噛み合わなくなるのだ。

城野は春菜が好きだから会いたいと言うが、春菜はその理由に納得がいかないから、別の理由があるのだろうと思って、それを訊ねる。

それでも城野の返事は、いつも「好きだから会いたい」だ。

（本当に、そういう理由なんだろうか）

春菜が考えているうち、自販機まで辿り着き、城野が先に投入口へと小銭を入れた。

「あ、先輩、何がいいですか？　奢《おご》る」

「何で。いいよ」

「俺が奢りたいから」

「奢られる理由に思い当たらない」

「春菜先輩の気を惹《ひ》きたいから」

「……おまえ……仲よくなりたいやつにいちいち奢ってたら、財布がもたないだろう？」

金品で相手の歓心を買うというやり方は、あまりよくない気がする。だから春菜はそう言うが、城野は頑固に春菜が何を飲みたいかという答えを待ち続けている。

他の生徒が自販機に近づいてきたので、春菜は仕方なく抹茶オレのボタンを押してから、出てきたブリックパックを取り出して自販機から離れた。城野も自分の分の牛乳を買って、中庭の方に移動する春菜のあとをついてくる。

「これ」

隣にやってきた城野に、春菜は財布から取り出したジュース代きっちり七十円を差し出した。城野が避《さ》けようとするので、すかさず手首を摑《つか》み、無理矢理掌に小銭を押しつける。

「奢るって言ってるのに……」

城野はやっと諦めたのか、七十円を受け取ると、ポケットに突っ込んだ。不服そうな顔をしていた。

「城野なら、ものでで釣ったりしなくたって、誰にでも好かれるだろ。ちゃんと」

俺じゃあるまいし、という言葉を、春菜は口には出さずに頭の中で続けた。

「だってそれくらいしないと、春菜先輩はわかってくれなそうじゃないですか」

「俺？」

仏頂面《ぶっちょうづら》で、城野が頷く。

「春菜先輩は、ジュース奢らなくても、俺が先輩のこと好きだって納得してくれますか？」

「……いや、だから……」

春菜は困り果ててしまった。不機嫌に自分を見下ろす城野を見返すことができず、ジュースのパックに気を取られるふりで俯《うつむ》いて、ストローを飲み口に刺す。

「先輩、あのね、これ」

呼び掛けられて、春菜は仕方なく城野の方を視線だけで見上げた。

見遣った先にあったのは、城野の掌。

正確には、その上に乗った、見覚えのあるビニールの小袋だ。

「粉々だな」

かつてはタブレット錠《じょう》だったはずのぶどう糖だ。最初に会った時、春菜が城野に渡したものと同じ。

「新しいのやろうか?」

「くれたら嬉しいけど、食べないで取っておく。これみたいに」

「……去年のやつか?」

「うん」

まさかと思って春菜が訊ねると、城野はあっさり頷いた。

「個包装には書いてないけど、食品だから消費期限があるぞ? 一年くらいだったし、腐《くさ》るものでもないだろうから、大丈夫だとは思うけど……」

「これは食べないから平気」

「取っておかなくても、欲しいなら新しいのやるし、ドラッグストアとかでもそう大した値段でもなく売ってる」

「春菜先輩が最初にこれくれた時、先輩のこと好きになったんだ。だから同じようにしたら、先輩も俺のこと好きになってくれるかと思って」

「……」

春菜は輪をかけて当惑した。

どう答えていいのか、見当もつかない。

(男子でも、上級生に向かって、こんなに好き好き言うもんか?)

他人に好意を持たれる、という経験が、まず春菜にはなかった。

城野が自分を気に入っているのはわかる。好感を持ってくれているから、声をかけてくれるのだというところは、疑《うたが》っていない。

――しかし。

「俺もいつも言ってるけど、男子高でそういうノリだと本気にするやつが出てくるかもしれないから、やめた方がいいぞ？」

心から、春菜は城野を心配して、そう忠告した。

「寮でも、昔そういうごたごたが何度もあって以来、禁止の規則ができたっていうし」

「ああ……何だっけ、『寮生同士の不適切な関係を禁ずる』だっけ？」

「そう。乃木坂《のぎざか》に聞いたのか？」

城野の友人であり寮長でもある乃木坂は、『不適切な関係』という言い回しがおもしろくて気に入っているらしく、他の寮生に向けて『不適切な関係は退寮だぞ』と脅《おど》しをかけるふりをするのが、彼の持ちネタになっている。

だからその乃木坂に教えられたのだろうと春菜は思っていたのに、城野は首を振った。

「いや、山口先輩から」

「山口？　何で山口」

「……それは俺が聞きたい」

心なしか、城野がむっとした顔をしている。

「俺は変なこと聞いたか？」

なぜ城野がそこで不機嫌になるのかがわからず、春菜は訊ねた。

他の人が相手の時にこういう反応が出た場合、そう訊ねると、さらに機嫌を損《そこ》ねることは知っている。

ただ、城野だけは、なぜかそういう流れにならないので、春菜はできるだけ確認するようにしていた。

相手が嫌がることを言ってしまったのなら謝りたいし、改めたい。

「いや……春菜先輩じゃなくて、山口先輩にそれを教えてもらった時のことを思い出して、何かムカついた」

そして、城野の答えを聞いて、少しほっとする。

「そうか。山口は性格が悪いからな」

きっと山口が、また何かしらおもしろがる態度を取ったのだろう。それで城野が気を悪くしてしまったのだ。

「悪いのが性格なのか、根性なのか、意地なのかは知らないけど……」

「——何だ、こんなとこで二人して俺の陰口《かげぐち》か？」

「うわっ!?」

唐突に割って入った声に、城野がぎょっとした様子で後退る。春菜も、いきなり肩を、というか首を腕でホールドされて、驚いた。

山口が近づいてきていたことに、春菜も城野もまったく気づかなかった。

「どこから湧いて出た、山口」

「人を温泉源みたいに言うなよ。俺もジュース買いに来たの。そしたらおまえらの姿が見えたから」

「重い」

ぐいぐい体重をかけてくる山口が鬱陶《うっとう》しくて、春菜は相手の顎《あご》を力一杯押し遣った。しかしびくともせず、おもしろがってさらに体重をかけてくるだけなので、ますます鬱陶しい。

「本当、春菜先輩と山口先輩、仲いいですよね」

攻防を繰り広げる二人を見て、城野が苦笑している。

「それじゃ、そろそろ五限始まるし、俺戻りますね」

春菜と山口に笑って、城野はあっという間に校舎の方へ去っていった。

言葉を掛ける暇もなかった。

こういう場面には覚えがある。前回城野が寮に来た時。

(あの時は俺が城野の立場だったけど)

二人で話している時、乃木坂がやってきて、城野の首を絞めた。とても仲睦まじそうに見えた。

それに水を差すのが申し訳ない気分になって、春菜はその場から立ち去ったのだ。

（……今のは、城野が、『仲のいい二人が遊んでいるのを邪魔しちゃいけない』と思って、気を遣ってくれたんだろうか？）

中庭の下生えを跳ねるように避けながら、身軽に歩き去っていく城野の背中を見て、春菜は相手の内心をそう推し量《はか》る。

他人が何を考えてどう行動しているのか、いつもわからないし、そもそもわかろうとしないから、他人とうまくやれずにきた。

——でも、城野のことは気になるのが、春菜は本当に不思議だ。

気になって、考えてしまう。

「邪魔したかね」

もう城野の姿は校舎の中に消えてしまったのに、ぼんやり立ち尽くしている春菜に、山口が問う。山口の腕は、相変わらず春菜の肩にかかったままだ。

「重くて邪魔」

「まあわざとなんだけど。おもしれーな、城野は」

「どこが？」

「一生懸命我慢してる感じが。せっかく晋平と二人きりで楽しくおしゃべりしてたのに邪魔が入ってムカつくけど、あからさまに不貞腐《ふてくさ》れたら晋平に心が狭いと思われそうだから、何とか笑って堪えたという」

「……」

山口の城野に対する考察は、どうも春菜とはまるで違うものらしい。

春菜は何となく、城野が『奢り損ねた』抹茶オレの紙パックを見下ろした。

「山口、最近困ってることがあるんだ」

「城野のことで？」

まったく山口は話が早い。春菜は頷く。

「城野は俺のことが好きだって何度も言う。あんまりそう言われると、変な気になってくる」

「俺も晋平のことが好きだぞ？」

「……山口に言われると、嬉しくないわけじゃないけど、何となくイラつくな……」

「ひでぇな」

笑いながら、山口がようやく春菜の肩から腕を退《ど》かした。

「男子高だと、男同士がつき合うこともあるって、前に山口が教えてくれただろ」

「まあその手の噂に事欠かないのは確かだな。真偽はどうあれ」

「『寮生同士の不適切な関係を禁ずる』って寮則があるんだから、そういう関係に陥《おちい》る状況が過去にあったってことだろうし」

だから春菜は、たびたび城野に釘《くぎ》を刺してしまう。

友情ではなく恋だと誤解されることがあるから、安易に好きだなんて口に出すものじゃないと。

（……誰かが、じゃなくて、俺が誤解しそうになるから、困るんだ）

という本音は、城野には言えなかった。

言いたい気もするし、絶対に言いたくないという抵抗も感じている。

なぜ抵抗なんて感じるのか、最近薄々気づいてきた。

「城野が俺のことをそういう意味で好きな可能性はあるけど、確証が持てない」

「直接聞いたらいいいんじゃねえの、城野に」

「……」

そこがますます、春菜の困りどころだ。自然と溜息まで出てくる。

「聞くのが恥ずかしい。違うって言われたら、どんな顔してこの先城野に会ったらいいんだ」

『俺が』誤解するからやめろと言えないのも、そのせいなのだ。

すでに誤解していますと白状していたことになってしまう気がして、言いたくない。

「……おまえ結構、普通のこと言うなあ」

苦悩する春菜を眺めて、山口が感心したように呟いた。

「男が男好きになるのはちっとも普通じゃないし、そこを問題にしてないみたいなのも普通じゃないけど」

「問題か？」

「特殊な恋愛は、世間様には後ろ指さされるってもんじゃねえ？」

「周りから俺が変な目で見られるのは、今に始まったことじゃないだろ？」

「まあそうか」

山口は納得したようだった。春菜だって、同性同士で恋をするのが一般的でないことや、それを気味悪がったり嘲《あざわら》笑ったりする風潮があることくらい知っているが、今さら自分に周囲から持て余される要素がひとつ増えたくらいで、大した変化がない気がする。

「世間は割とどうでもいいけど、城野に変な目で見られるのは嫌だ」

春菜がそんなことを思う相手は初めてだ。

「でもこれは、俺が城野を信用していないっていうことになる。信頼のない相手に好意を持つっていうのも変な話だよな。山口はもし俺が本当に男を好きになるような人間だってわかったところで、笑ったり気味悪がって離れていったりせず、おもしろがってからかうだけだろうって信じてるのに」

「そうだな、俺はおもしろがってからかうだけで、晋平と友達やめたりしない。というかおもしろいからますます好きになる。でもまあ、晋平が城野を信用できないのは、仕方ないと思うぞ」

「そうか?」

「恋っていうのは、人をバカにも疑心暗鬼にも臆病にもさせるらしいからな」

「……そうか。やっぱりこれは、恋なのか」

城野のことが特別気になって、困ったり、悩んだりする理由。

「答えがわかっても、すっきりしないこともあるんだな……」

城野への気持ちが後輩への友情ではなく恋だ、と納得したところで、春菜の困惑は晴れなかった。むしろ、ますます深まるほどだ。

「相手がいることだからだろ。……おまえ、よかったな、人並みに情緒が発達して。きっと実家の親御さんも喜んでくれるぞ。相手男だから言わない方がいいと思うけど」

いやにしみじみと言って、山口が春菜の背中を叩く。喜ばれているのか、さっそくからかわれているのか、忠告してくれているのか、よくわからない。多分全部だろう。

「とにかく、直接聞く以外で、城野の気持ちの種類を確かめる方法が知りたい」

「告白したら?」

「生まれて初めて他人から言われる以外でこの言葉を使うけど、山口、人の話を聞いてたか?」

「聞いてたけどさ。まあろくに友達づき合いを経験したこともない、多分これが初恋っていう晋平には難易度が高すぎるか。俺は一番それが手っ取り早いと思うけど。何なら、俺が聞いてきてやろうか？」

「……いや、それは……」

友人の親切な申し出に、春菜は言葉を詰まらせた。

城野は山口が苦手なようなのだ。関わらせるのは、城野にも、山口にも、悪い気がする。

「あとは、じゃあ、鎌《かま》でもかけてみたら？」

春菜の躊躇を見て取ったのか、山口が別の提案をしてきた。

「鎌って？」

「好きな相手と二人きりになったら、手を握ったり、キスしたり、あわよくばそれ以上のことをしたくなるもんだろ」

「ふーん。そういうもんか」

「だから春菜がさりげなく色仕掛けで誘ってみて、食いついてきたら城野の気持ちは恋と」

「色……仕掛け？」

春菜が呟いた時、五限の予鈴《よれい》が鳴った。話し込んでいるうちに、授業五分前になってしまい、山口が急いでジュースを飲み干している。

「やべー、うち次移動だ。先行くわ」

「ああ」

慌ただしく山口が去っていき、春菜も手にパックを持ったまま、教室へと戻った。

◇◇◇

それから三日ほど、春菜は城野と話をすることなく過ごした。一度、教室移動の途中で擦《す》れ違い、人懐《なつ》っこい様子で挨拶《あいさつ》されて、適当に挨拶を返しただけ。いつもどおりだ。

でも廊下で城野と擦れ違った時、妙に気分が浮き立って、なるほどこういうのが恋なのだと、春菜はいやに実感した。

今までも、城野が声をかけてくると嬉《うれ》しかったが、その気持ちが妙にくっきりした感じだ。

（でも、城野は誰にでも犬みたいに懐いてるだけかもしれないしな）

意識した途端《とたん》、そういう自分への戒《いまし》めも、強くなってしまった。

擦れ違った時、城野は大勢の同級生に囲まれていた。春菜は一人で歩いていた。その違いを寂《さび》しいとは思わない。ただ、城野が自分以外にも「好きだから一緒に音楽室に行こう」とか、「好きだから放課後どこかに遊びに行こう」と誘いを掛けているかもしれないという疑《うたぐ》りは、余計に深くなる。

（城野の言う『好き』が友情の意味なら、普通のことなのかもしれないし）

――などと、放課後に帰寮して、自室で考えていると、携帯電話にメールが届いた。城野からだ。

『これからまた勉強教わりに、寮行きます。先輩の部屋に遊びに行っていいですか？』

【勉強を教わる】と【遊びに行く】は果たして両立させていい文章なのだろうか、と首を捻《ひね》りつつ、春菜は『構わない』と返信した。勉強したあと遊びに来るのかもしれないし、遊んだあとに勉強するつもりなのかもしれない。

（……勉強のついでに俺か、俺と会うのが目的で勉強が口実か……？）

その辺りを、そろそろはっきりさせたい気がする。

春菜は一人頷《うなず》いて、決意した。


メールが届いてから十分ほど待っていると、部屋のドアを叩《たた》く音が聞こえた。

「城野ですー」

「どうぞ」

瞬間的に走った緊張を押し隠し、春菜は何でもないふうに返事した。ドアが開いて、城野が姿を見せる。城野は春菜を見て、いつもどおり嬉しそうに笑った。

「このあいだ借りたノート、テストの範囲写し終わったから、持ってきました」

勉強の前に現れたのは、こちらと遊びたいという気持ちを優先したのか、単にノートを返すという用事を優先したのか。判別はつかない。

「早かったな。もっと掛かるかと思ってた」

「家でずーっと写してたから」

「写して満足するだけじゃなくて、ちゃんと覚えないと駄目だぞ？」

「うん、何回も読み返してます」

褒《ほ》めて、と言わんばかりに城野が言って、その様子が微笑《ほほえ》ましく、春菜は少し目許《めもと》を和《なご》ませる。

城野は用事をすませたらすぐに部屋を出ていくかもしれないとも思ったが、そのまま春菜の部屋に居座った。ここにくると大抵そうするように、床に腰を下ろして胡座《あぐら》をかいている。

春菜の頭の中は、三日前に山口から受けたアドバイスの言葉で一杯だった。

（色仕掛け……色仕掛け……）

したこともされたこともないので、春菜には何をどうすれば色仕掛けになるのか、よくわからない。

曖昧《あいまい》なことをして気づかれなくても、露骨《ろこつ》なことをしてこちらの気持ちを城野に気づかれても、失敗だ。

考えた挙句《あげく》、春菜は服を脱いでみることにした。

「何だか暑いな」

「あ、窓開けましょうか？　今日結構暑かったですよね」

春菜よりも壁際に座っていた城野が、立ち上がって、窓を開ける。

「節電で空調弱いのに、授業中に上着脱ぐと怒る先生とかいてめんどいよなー、せめてうちの学校も中間服とかあれば――、……!?」

振り返った城野が、春菜を見て絶句した。

春菜は城野が自分に背を向けていた間に、制服のブレザーを脱いで、ネクタイを外して、今はワイシャツのボタンに手をかけている。

「本当、暑いよな。着替える」

目の前で裸になれば、城野が自分を恋心で好きだった場合、反応があるだろう。

単なる友情なら、着替えなんて、風呂場とか体育の前とか、当たり前の行為だ。

色香に惑わされるか、何の反応もなく無視するか。

それを確かめるために、春菜はボタンをすべて外し、シャツに手をかけながらそっと城野の方を見て、動きを止めた。

「えっと、あの、俺」

春菜の予想した反応のどちらでもなく、城野は目一杯春菜から顔を背《そむ》けている。

「乃木坂たち待ってるし、下戻ります」

「え」

「ノートありがとうございました」

早口にそう言って、城野は春菜が声をかける間もなく、あっという間に部屋から出て行ってしまった。

「……」

春菜は、シャツにかけていた手を下ろすと、のろのろ椅子《いす》に座り直した。

(……そうか)

暑い、と言ったのは口実だったが、実際気温は高かったのに、何だか指先が冷えている。

(嫌がって逃げられる、っていうのは、想定してなかった)

見たくもないものを見せられたと思われたのかもしれない。

(でも、そうか、男の裸なんて見たくもない人もいるか)

春菜から背けられた城野の表情は、今まで見たことがないくらい、固く強張《こわば》っていた。

(……そうか、そういう意味で好かれてたわけじゃ、ないんだな)

その確率の方がはるかに高いだろうと、あらかじめ承知の上で試してみたつもりだった。

(そうか……)

なのに春菜は今、十七年間生きてきた中で、最大級に落胆している。

「……」

着替える気も起きない。だらしなくシャツの前を開いたまま、何となく視線を動かした春菜は、机の上に積んである本に目を留めた。

市立図書館に行って、借りてきた本。城野のために探して、選んだ。次に城野が来たら渡そうと思っていたのに、『色仕掛け』をすることに頭がいっぱいで、すっかり失念していた。

(……嫌われてるわけではないんだから。本を貸すくらいはいいんだよな)

たとえ恋ではなくても、春菜と同じくらい、それより大事な友達がたくさんいるとしても、城野が春菜に好意を持っていることに変わりはないはずだ。

そう自分に言い聞かせながら、春菜は城野に貸し損《そこ》ねた本を手に取った。さすがに児童用では城野も読む気が起きないかもしれないと、山口のリストアップしてくれたもの以外にも、さんざん歩き回ってよさそうなものを探した。

(貸す前に、実際読んで、中身確かめておこう……)

さらに言い訳のように考えて、本を開く。

なるべく余計なことを考えたくなくて、春菜はすぐに小説に没頭《ぼっとう》した。普段はフィクションの小説など滅多《めった》に読まないのに、集中して読み進めた。

ふとページから目を上げ、気づいた時には食堂の閉まる時間が迫《せま》っていたが、それまでの間、春菜の携帯電話には誰からも連絡がなかった。

城野が遊びに来た時、いつもなら、最後に一度顔を見せるか、メールで『帰ります』と一言あるのに。

「……」

やはり、深く考えたくない。春菜は夕食を食いはぐれないようにと、ようやく中途半端に脱ぎかけていた制服から部屋着に着替え、食堂に向かった。

「いやぁ、でも本当、城野のあれはヤバイわ」

食堂に向かう途中、娯楽室の前を通りがかった時、誰かのそんな声を耳にして春菜は無意識に立ち止まる。

「ああ、乃木坂の添削《てんさく》受けてるってやつ？　俺も見せてもらったけど、確かにヤバかったな、あれ便箋《びんせん》何枚無駄にしてんだよ」

(添削——はともかく、便箋？)

乃木坂は城野に勉強を教えている。留年の危機があるという苦手な現代文だったら、添削という単語が出てきても不思議はないが、便箋というのは何なのか。

彼らの話しぶりからして、城野が娯楽室にいないようなのはわかったが。

「乃木坂も鬼だよな、読み上げなくてもいいのに。あんなひでぇ文章」

「でもあれ、元カノとヨリ戻すために書いてんだろ？　城野が報《むく》われるようにって、乃木坂の気遣いじゃん」

「えっ、そんな理由だったんだ！　え、いやでもあれ、全然ラブレターって感じじゃなかったぞ？　結婚式のスピーチでも頼まれたのかと思ってた」

「だからヤベーんだって」

「それにしたってさ――……」

未《いま》だに城野に関する話題は続いている。

春菜はそのまま回れ右して、娯楽室の前から、自室へと戻った。

夕食を食べる気など起きない。

部屋に帰ると、電気も点《つ》けないまま、ベッドの上に寝転ぶ。倒れ落ちるとか、崩れ落ちるとか表現した方がいい動きになった。

（別れた彼女に宛《あ》てた手紙か、そうか）

城野は背が高くて、明るくて、若干《じゃっかん》学力は厳しいが名の知れた進学校に通う、人懐こい人間なのだ。

自宅通いなら、通学路の出会いもある。小学生までは女子のいる環境だっただろうし、放課後や休日に出かけた場所に、城野を好きになって、城野が好きになる相手なんて、星の数ほどいるだろう。

（自分がこうだから、思いつきもしなかった）

もっと早く知りたかった。

せめて半日くらい前に知っていれば、今日城野の前で試した愚《おろ》かな行為を実行しようだなんて、決心しなくてすんだのに。

（あとはもう、何で俺があんなことしたのか、城野が気づかないことを祈るしかない……）

しばらくベッドの上に俯《うつぶ》せになっていた春菜は、それからも何もする気が起きず、頭から布団を被《かぶ》って寝ることにした。

3

昼休みの終わりかけ、図書室を出たところで城野《しろの》に遭遇《そうぐう》して、春菜はぎくりとなった。

「春菜《はるな》先輩」

城野は嬉しそうな顔で春菜の前まで走り寄って来る。

「午前中にまた現代文の抜き打ちテストあったんだけど、七十点取れました」

それは果たしてそこまで喜ぶべき点数なのだろうか、そして城野はまた待ち伏《ぶ》せしていたのだろうか、それとも本当は単に偶然なんだろうか、俺はどんな顔をしたらいいんだろうか。

一瞬のうちに頭の中に目まぐるしく考えを浮かべながら、春菜は表面的には、至極《しごく》あっさりした調子で頷いて見せた。

「そうか。次は満点取れるように頑張れ」

「はい。——春菜先輩のノートに挟《はさ》んであった小テストとほとんど同じ問題だったんだ。先輩物持ちいいですね、俺、テストとか返されたらすぐ捨てちゃうし、そういうのはちゃんと取っておいて復習するもんだって乃木坂《のぎざか》も——」

「そうだな、復習は大事だ。じゃあな」

にこにこと笑いながら話し続ける城野を見ていることが、何だか耐えきれなかった。

見ているのが辛《つら》いというよりも、城野の前で平然とした態度が取れているか、不審に思われることをしてはいないかと、いつもの何十倍も考えてしまい、それに耐えかねた。

「え、春菜先輩――」

いい加減な相槌《あいづち》を残して歩き出す春菜に、城野が戸惑った様子になる。

視界の端《はし》でそれを捉《とら》えながらも、春菜は逃げるように城野の前を立ち去った。

◇◇◇

それでも本当は、城野の前でいつもどおり振る舞おうという決心を、春菜はしていたのだ。

何しろ城野は山口に続く、得がたい友人だ。自分に懐いてくれる後輩なんて奇蹟《きせき》の産物だろうし、二度と出会えないだろう。

それに――想いを寄せているのが自分だけであろうと、城野と顔を合わせるのは嬉しいはずだった。

「別に俺は構わないんだけどな、晋平《しんぺい》」

昼休み、購買で買ったパンを教室で食べ終えたあと、教室で黙然《もくねん》と本を読む春菜の向かいには、山口がいる。

　正確には、春菜の方が、別のクラスの山口の座席の前に居座っているのだ。

「どうしておまえ、俺にべったりくっついて、そんな難しい顔して『がんくつ王』を読んでるんだ?」

「山口が薦《すす》めたんだろ」

「俺は城野用に薦めたんだ」

　山口の言葉を、春菜は読書に没頭しているふりで、聞き流した。

「おまえは『モンテ・クリスト伯』を読めよ、図書室にあったから」

　これも黙殺する。

(図書室に行ったら、また帰り道で城野に会うだろうが)

　前回図書室帰りに城野と遭遇してから、一週間。春菜は一度も図書室に足を踏み入れていない。

　最初に図書室通いを中断した日、城野からは心配したメールが来た。城野が図書室に来ないくらいだから、具合でも悪くして学校を休んでいるのかと問われ、春菜は『他に用事がある』とだけ答えた。

　その日の夕方『寮の部屋に遊びに行きたい』というメールには『中間テストの勉強をするから駄目だ』と答え、そして同じ文面を、春菜は城野からのメールに延々返し続けている。

そうして一週間だ。

「児童向けの本なんか、十五分で読み終わるだろ。おまえ、この間から何回それ読んでんだ」

「そろそろ暗記してきた」

「何のために」

「余計なことを考えないように」

児童向けにやさしい文章の波瀾万丈《はらんばんじょう》な物語というものが、こんなところで自分の役に立つとは思わなかった。他の本を読むよりもすんなり集中できる。

今の春菜は、中間テストが目前に迫ってきているというのに、教科書の内容がまったく頭に入ってこなかった。他の書物もそうだ。普段なら夢中になって読む数学の本や、事件事故のルポルタージュを開いても、二行ともたずに別のことを考えてしまう。

「ふーん。まあ、何があったかはわからないけど、誰が原因かは聞くまでもないよな」

「……」

城野の話を山口とした直後から、こんな調子なのだ。察しのいい山口が、原因に思い当たらないわけがないだろうと、春菜も思う。

ひとつ息を吐いて、春菜は立ち上がった。山口と話したせいでまた城野のことで頭が占められそうになってきたので、気分転換のために顔でも洗ってこようと思ったのだ。

山口には特に断りを入れず、本を置いて教室を出る。廊下の隅《すみ》にある水道に向かう途中、向こうから城野が歩いてくることに気づき、春菜は内心ぎょっとした。

ここは三年生の教室しかない階だ。他の学年の生徒が通りすがることはほとんどないので、まさかこの廊下で城野の姿を見るとは、予想外過ぎた。

「あ、春菜先輩」

城野もすぐに春菜に気づくと、笑った。春菜は適当に笑い返して横を擦り抜けようと思ったが、愛想笑いなんてし慣れていないせいで顔が引き攣《つ》ってしまい、城野がまっすぐ自分の方に向かってくるので、足を止めざるを得なくなった。

「どうしたんだ、城野」

「どうしたんですか、先輩」

三年の教室に何か用事か、という意図で訊《たず》ねた春菜と同時に、城野がまったく同じことを春菜に訊ねてきた。

「どうしたって？」

「全然図書室に来ないし、今日はメールすら返してくれないし」

「中間前だから、って言っただろ。本読んでる暇《ひま》も、遊んでる暇もなくて……」

「でも本読んでたし、山口先輩と話してましたよね」

「え」

まるで見てきたようなことを言う城野に驚《おどろ》いて、春菜は返答に詰まった。

城野が笑いながら、少し首を傾《かし》げる。困ったような表情にも見えた。

「俺、待ってたんだけどな。図書室で」

「え――」

春菜はますます言葉を失《な》くす。

（待ってた？）

「先輩に会えるかと思って」

「……」

そういえば、以前にも、待ち伏せしていると言われたことがある。

なぜ、と聞いたら、「好きだから」と言われた。

その「好き」の種類を知りたくて、でもそれは春菜が思っていたようなものではなくて、だから城野と顔を合わせるのが辛くなってしまった。

城野が春菜のことをただの友達とかただの先輩と思っているだけならまだしも、好きな相手は別にいるとわかってしまったのが、致命的《ちめい》だ。

こうやって話している間も、胃とか胸の辺りが重たくなってくる。

（別れた彼女に未練があるなら、他のやつに好き好き言うな）

挙句そんなふうに腹まで立ってきて、自分はなんと勝手な人間なのだろうかと、落ち込んでしまう。完全無欠の八つ当たりだ。

「……あの、もしかして」

黙り込み、目を逸《そ》らす春菜に、城野がどことなく遠慮がちな口調になってまた呼び掛けてくる。

「この間、先輩の部屋に遊びに行った時のこと気にして、俺のこと避《さ》けて――」

「腹痛いんだ、今」

何かを考えるより先に、ほぼ反射的と言っていい速さで、春菜は城野の言葉を遮《さえぎ》った。

城野が少し驚いた顔で春菜を見遣《みや》る。

「トイレに行くところだから」

実際痛む鳩尾《みぞおち》の辺りを押さえ、春菜は城野がさらに何か言おうとするのを無視して、足早で廊下を歩き出す。水道の手前のトイレに、ほぼ駆け込んだ。

トイレには誰もいなかったが、さらに個室に入り、洋式の便座へと座り込んでしまう。

(こないだの……俺が何のつもりだったか、城野、気づいてたのか……)

何だか絶望的な気分になって、春菜は両手で顔を覆《おお》った。

もはや顔を見ているのが辛いなどと言っている場合ではない。合わせる顔がない。

気づいてなお城野が「待っていた」などと言い張るのは、なぜか。

(気にしてないから気にするな、って慰《なぐさ》めにきた……？)

そのくらいしか、春菜には思いつかなかった。

動揺したままの春菜の制服のポケットで、携帯電話が震《ふる》えた。震動に驚いてびくっと自分も震えてから、春菜はおそるおそる、携帯電話を開く。

『大丈夫ですか?』

城野からだ。短い言葉でそれだけ問われた。春菜は妙に強張った指をどうにか動かして、

『大丈夫だ』

とだけ返す。全然大丈夫ではなかったが、素直にそう書くわけにもいかない。送信ボタンを押した指が離れないうちに、また携帯がメール受信を報《しら》せて震えた。

『保健室に付き添いましょうか?』

春菜は、もうそっとしておいてくれ、と泣きたい気分になりつつ、『大丈夫だから』とだけ返し、あとはもう携帯電話の電源を切ってしまった。

◇◇◇

午後の授業はさっぱり集中できず、放課後学校を出てからは、これという用もないのに書店だのファーストフードだのを梯子《はしご》して、門限ぎりぎりに寮へと戻った。

また城野が寮に来ていたら困る、という一心で。

相変わらず重たい胃を抱えて玄関で靴《くつ》を履《は》き替えていると、山口と行き合った。

「あれ晋平、今帰り？」

山口はすでに制服から着替えていたので、近所のコンビニにでも行ってきた帰りなのだろう。

「飯早く行った方がいいぞ、そろそろ争奪戦が始まる」

確実に夕食にありつくために、帰寮が遅くなる場合は、あらかじめ寮監に届け出をしておくか、友達に頼んで取っておいてもらう仕組みだ。食いっぱぐれたら、自腹でコンビニ弁当でも買ってくるしかない。

「適当に食べてきたし、いい」

食事がなくなるかもなと思いつつ、だが春菜は、山口に取り置きを頼まずにいた。届けも出していない。立ち寄ったファーストフードでは飲み物以外頼まなかったし、それすら飲み干せないくらい食欲がなかったせいもあるが、何より、携帯電話の電源を入れることに躊躇《ちゅうちょ》したというのが理由だ。

（城野からメールとか、着信とか、ある気が……）

具合が悪いと言ったあとに連絡が途切れたら、城野は心配するだろう。

それがわかっていてなお、春菜は全力で城野から逃げた。それが何の解決策にもならないとわかっていても、逃げる以外の手立てが思いつかなかった。

舞い上がった挙句、落ち込んだせいで、城野の前で平静が保てない。

そしてこんな状態が生まれて初めてなので、どうしたらいいのかわからない。

「おまえ、大丈夫か？」

下駄箱に手をかけたまま項垂《うなだ》れている春菜を見て、山口がさすがに心配そうに声をかけてくる。

「大丈夫じゃないけど、大丈夫にする」

「何だそりゃ？　まあいいや、調子悪いんなら部屋で寝てろよ」

苦悩している内容を一切省《はぶ》いて言った春菜の手を山口が摑《つか》み、靴箱から剝《は》がさせると、そのまま廊下を引っ張っていった。放っておいたらいつまでもここで立ち尽くしていると思ったのだろう。

春菜を引っ張ったまま階段を上がり、山口は手前にある自分の部屋の前で、ようやく手を離した。

「夜中腹減ったら、何か分けてやるから来いよ」

食べ盛り育ち盛りの寮生の部屋には、大抵何かしら備蓄の食料がある。春菜も部屋に日持ちする食料の買い置きがあったが、山口からの気遣いを感じて、素直に頷いた。

「わかった」

頷いた春菜に手を振って、山口が自室に消えていく。

春菜は小さく息をついてから、廊下を歩き出した。山口とは部屋が結構離れている。夜も更けてきたので、廊下を行き交う寮生の姿は少ない。

自分の部屋の前まで辿《たど》り着き、鞄から鍵を取り出したところで、春菜は誰かが廊下をこちらに歩いてくる足音を聞いて何となく目を上げた。

「春菜先輩」

「!?」

そしてそこに城野の姿を見つけて、声も出ないくらいに驚く。

「遅かったですね」

「じ……時間過ぎてるだろ?」

外部の人間が寮にいられるのは、七時までだ。今は九時を回ろうとしている。寮生ではない城野が寮内にいていい時間ではない。

「乃木坂にみつかったら、吐くまで泣かされるぞ」

寮監より寮長を怒らせる方が怖ろしい、というのが、春菜ですら知っている暗黙の了解だ。

「買収済みです」

だが城野は真面目《まじめ》な顔でそんなことを答える。

「買収されるんだ、あいつ」

「話したいことがあるんです、先輩」

「……俺に？」

そのために城野が規則破りをして待ち伏せしていたのは明白だったが、春菜は往生際悪く問い返した。城野が深く頷く。

「はい」

「でも寮監に見つかったらまずいだろ、ここは学校の施設内なんだから、校則で処罰されるかもしれないし」

「俺のこと避けるのやめてください」

何とか相手を寮から追い出そうと試みる春菜のあがきを無視して、城野が端的に訴えてきた。

「いや、避けてるわけじゃ……」

避けていることを認めれば、その理由まで問われるかもしれない。春菜はなおも往生際悪く小声で答え、城野がまったく笑っていない顔で自分を睨《にら》んでいるのを見て、目を伏せる。

（怒ってる）

怒っている城野なんて、春菜は初めて見た。

――いや、思い返してみれば、昼休みに学校の廊下で遭遇した時も、目は笑っていなかったかもしれない。

「じゃあどうして俺のこと着信拒否とかするんですか」

「え、着信拒否なんかやり方がわからないからしてない、電源切ってただけで」

城野が半眼になったのを見て、春菜は自分の失言を知った。

「やっぱり避けてたってことですよね、それ」

「城野、声、大きい」

言い争う声に気づいたのか、斜め向かいの部屋のドアが細く開いた。様子を窺《うかが》われているのだろう。居座っているのがみつかった時に立場が悪くなるのは城野だ。春菜は諫めるが、城野は聞かなかった。

「ちゃんと答えてください、何で俺のことあしらおうとするんですか。やっぱりこの間――」

城野の口から何が飛び出すのかと思ったら怖ろしくなって、春菜は大急ぎで鍵を開け、部屋に逃げ込もうとした。

だがすかさず城野がドアを押さえる。背中を押され、春菜が気づいた時には、城野ごと部屋に入り、ドアが閉められていた。

城野は勝手に壁のスイッチで部屋の電気をつけている。

春菜は弱り果て、そのまま数歩歩むと、身を投げ出すように学習机の前の椅子に腰を下ろした。正直、動揺して、立っていられない。

「先輩に避けられてるの嫌なんだ」

ドアの前に立ったままの城野が言った。春菜は顔を上げられず、スリッパを履いた城野の足許ばかりを見下ろした。

「せめて理由を教えてください。言ってくれたら諦《あきら》めるように頑張るから」

諦める、という言葉に、春菜は何だか貧血を起こしそうな気分になった。

(友達とか、先輩後輩の関係すらやめる、ってことか？)

避けたのは自分の方だ。なのに城野と繋《つな》がりがなくなるかもしれないということに、春菜は抵抗を感じた。

「だから……避けてないって……」

「お願いだから誤魔化《ごまか》さないでよ」

あくまで逃げようとする春菜に、城野の口調が憤《いきどお》ったようなものになる。

「いいよ、先輩が言ってくれないなら俺が言うよ。さっき山口先輩と手繋いで帰ってきただろ」

てっきりまたこないだの話を持ち出されるのかと思って、耐えきれず耳を塞《ふさ》ごうとした春菜は、予想外の城野の言葉にその動きを止めた。

「……山口？　が、どうかしたか？」

「誤魔化すなって言ってるだろ！」

城野が乱暴な足取りで、春菜の前に詰め寄る。狭い個室の中、逃げ場もなく、春菜は目の前で自分を睨み下ろしている後輩をただ見上げる。

「俺、バカだからちゃんと言ってくれないと諦められないよ。春菜先輩は山口先輩のこと好きなんだろ」

「え？」

妙なことを言われた気がするが、うまく頭が追いつかず、春菜は体ごとフリーズした。

「俺が邪魔ならそう言ってくれたら、いつまでも未練がましく追いかけたりなんかしないのに」

ぽかんとしている春菜を見て、城野が悔《くや》しそうな顔でそう吐き出す。

「いや、俺しつこいから未練がましくはなるだろうけど、追いかけないように努力しようくらいは考えるのに」

「ちょ……待て、城野、止まれ」

「お願いだから、山口先輩のこと好きならちゃんと好きって言ってくれよ！」

「……っ」

止まらない城野と言われた言葉に猛烈に腹が立って、春菜は一瞬我を失くした。

気づいた時には椅子から立ち上がり、城野の頬《ほお》を掌《てのひら》で叩いた上、それを摘《つ》まみ上げていた。

「……!?」

「止まれ、って」

そんなに痛くしたわけではないが、城野は大きく目を見開いて春菜を見返すと、見る見る肩から力を抜いた。

そのまま、しゅん、という擬音が似合いすぎるくらいの表情で目を伏せる。

「……つきまとって迷惑なのはわかってたんだ」

小さな声で呟《つぶや》く城野の頬から、春菜は指を離す。

「でも好きだから、どうしてもそばにいたくて、今日もこんなとこまで押しかけて、ごめんなさい」

「……」

城野は泣きそうな顔をしていたが、春菜だって充分泣きたい心地だった。

「だから……男子高でそういうノリだと本気にするやつが出てくるから、やめろって言ってるだろ」

さっきから、城野の態度も言葉も、まるで春菜のことを恋心で好きだと言っているように聞こえて、また勘違《かんちが》いしてしまいそうになる。

「本気にしてよ」

城野が喰《く》い下がり、春菜はまたその頬を抓《つね》り上げてやりたい気分を味わった。

「だから、そういうのやめろって」

「……って、いうか、……あれ？」

ふと、何かに思い至ったように、城野が再び目を見開く。

「――先輩、俺の言ってること本気にしてなかったの!?」

「え」

愕然《がくぜん》とした様子で叫んだ城野の言葉の意味が咄嗟《とっさ》には理解できず、春菜は春菜で目を瞠《みは》った。

「俺、先輩のこと好きって言ったよね。何度も何度も言ったよね」

「聞いたけど……」

「先輩後輩とか友達の好きじゃないからね？　……わ、わかってるよね？」

最後にはおそるおそる訊ねた城野を、春菜は眉根を寄せて見返した。

「城野は、別れた彼女のことが好きなんだろ？」

「は!?」

寮中に響き渡るんじゃないかという大声を城野が出したので、春菜は慌《あわ》てる。

「こ、声、大きいって」

「何それ、誰から聞いたの？　どこ情報？」

「い、いや、誰かは忘れたけど、寮生が話してるのを聞いて……」

「何て？」

「城野が、乃木坂に、元彼女に渡すための手紙の添削を受けてるって」

「……」

唐突に、春菜の視界から城野の姿が消えた。

と思ったら、城野は床の上に膝《ひざ》をついている。

「待って……どうしてそんなことに……」

「……違うのか？」

「違うよ！　全然違う、何で春菜先輩普段人の噂《うわさ》とか気にしてないみたいなのに、よりによってそんなの信じるの!?」

確かに春菜は普段、人がいい加減に吹聴《ふいちょう》している噂話を気にする性質《たち》ではない。そもそも意味がある言葉として耳に入ってこないのだ。

(けど、城野って名前が聞こえたら、気になっちゃったんだよ)

そうは言えずに口を噤《つぐ》む春菜の足許で、城野は深く項垂れている。

「……でもさ、乃木坂に勉強を教わってるのって、最近のことだろ。……俺、去年からずっと、ずーっと、先輩に好きって言ってるのに、それ全然、信用されてなかったんだ……」

城野があまりに打ち拉《ひし》がれているので、春菜は段々、自分がとんでもない罪悪を行ってしまった気分になってくる。

「てっきり、はぐらかされてるだけだと思ってたんだけど……じゃあもう、これ以上どうやったら信じてもらえんの……」

「――あの、聞いてもいいか？」

頭を抱えかねない様子の城野の呟きに、おずおずと、春菜は口を挟んだ。

城野が俯《うつむ》いたまま頷く。

「うん……」

「城野が俺のこと好きって言ったの、先輩後輩とか友情じゃないやつってことか？」

城野が勢いよく顔を上げた。思い切り睨まれてしまった。

「だからそう言ってるだろ、先輩、人の話聞いてる!?」

一方的に責めるような城野の口調に、春菜は少しむっとする。

「俺が着替えてるの見て、顔背けたくせに」

あまり触れたくなかったあの時のことを、春菜は無理矢理持ち出した。

「あ、あれは……」

城野が目に見えて狼狽《ろうばい》し始める。

「そういう意味で好きなら、食いついてくるって山口が言ってたけど、城野は逃げたじゃないか」

「だって先輩は全然そのつもりないのに、手なんか出したら傷つくだろ！」

「傷つく？　って？」

「春菜先輩はピュアだから、俺の気持ちになんか気づかないんだろうなって。俺だって山口先輩みたいに、春菜先輩に触ったり――抱き締めたりキスしたりそれ以上の行為に及びたいとか、いつも思ってて」

「……」

「でも先輩は俺のことそういう意味で一切気にかけてないから、目の前で服脱いだりとか平気でやってたのに、俺がつい首とか胸とかガン見しそうになってやばいってなってるのがわかって、それで俺が嫌になって、避けてるんだろうなって」

「……」

「……ん？　『そういう意味で好きなら、食いついてくるって、山口が言ってた』……？」

城野は今さら春菜の言葉を反芻《はんすう》し、首を捻り出した。

「……もしかしてあれ、俺のこと試して、誘ってたの？」

「……」

結局あの時の話になるのが気まずくて、春菜は城野の質問を無視した。

代わりに、自分から別のことを訊ねる。

「城野は彼女がいたんだろ。俺、男だぞ」

「いたけど、中等部の頃だよ」

城野は即答した。

いた、と過去形でも、城野から直接それを聞いて、春菜は気分が沈んだ。

(へこむって、こういう感じか)

噂で聞いた時よりもダメージが大きい。

「今は連絡も取ってないし、そっちに関しては全然未練ないし、どうでもいいよ」

「じゃあ手紙って何だ?」

「えっ」

「乃木坂には勉強を教わってるんじゃなくて、手紙の添削を受けてるっていうのも、間違いないのか?」

「……いや……手紙は、本当に、書いてるけど……」

「誰に」

「……乃木坂が俺の小論文見て、絶望して、何でもいいからとにかく文章を書け、そうだ好きな人に気持ちを伝えるつもりでやるのが一番上達が早いって」

——どうやら山口が児童向けの小説を薦めたように、乃木坂は作文を城野に薦めたらしい。

「だから、昔の彼女とかじゃなくて、俺は、先輩に宛てて書いてたんだけど……」

「……」

春菜は急に力が抜けて、すとんと、城野の前に同じように膝をついた。

単に、真っ赤になって俯いている城野が、今どんな顔をしているのか、見たかっただけかもしれない。

「見せて」

「やだ」

春菜は表情のつもりで言ったのに、城野は手紙のことを言われたと思ったのだろう、慌てて上着のポケットを押さえている。

相手の様子で、春菜にしては驚異的な勘で気づき、城野のポケットへ強引に手を突っ込んだ。しばらく揉《も》み合い、嫌がる相手のポケットから、小さく折り畳《たた》んだ紙切れを取り上げる。

「あああああ、もー……」

城野は両手で顔を覆ってしまった。

春菜は構わず紙を開いて、丁寧《ていねい》な文字で綴《つづ》られた文章を目で追った。

『前略　こんにちは。お元気ですか。本日はお日得もよく、いい天気ですね。』

赤ペンで上から二本線を引かれている冒頭を読み、春菜は『いやぁ、でも本当、城野のあれはヤバイわ』と言っていた誰かの言葉を思い出す。

(日得っていうのは日柄のことだろうけど、相手がいつ読むかわからない手紙に今日の吉凶とか、天気まで書く意味がわからない……)

春菜の苦手な、意味のない天気の話。

誰かに振られても、受け答えに困るしかないもの。

「そ、それは、最初に書いたやつ。お手本とか一切なしでまず書けって言われたから、滅茶苦《めちゃく》茶《ちゃ》だし、今はもうちょっとマシになってるけど、乃木坂が戒めのために捨てずに取っておけって……たまに見返して自分のアホさを思い知れとか言うから、仕方なく持ち歩いてたけど……

こんなの頭いい春菜先輩が見たら絶対幻滅《げんめつ》するだろうって、だから見せたくなかったのに」

「俺は好きだな」

「――え？」

前略なのに挨拶が略されていないし、全部で三行しかないし、挙句『かしこ』で終わっている。

でも、春菜は城野が自分に向けて書いたというこの手紙が、胸が苦しくなるくらい好きだと思った。

『俺はあなたが好きです。あなたも俺のことを好きになってくれると嬉しいです。』

一行目の挨拶のあと、二行目に書かれた言葉は、シンプルすぎるくらいシンプルで、だから余計、初めて、春菜は城野の気持ちを信じることができた。

「俺も好きだよ」

「……先輩？」

「これ、もらっていいか？　俺宛てなんだろ？」

「……」

城野は気恥ずかしそうな、困ったような顔で自分の書いた手紙を見てから、返事をする代わりに、手紙を持つ春菜の手を握った。

手紙を取り上げられるのかと思って、春菜は慌てて手を引っ込めようとするが、もっと強い力で摑まれた。

まだ恥ずかしさが滲《にじ》む城野の顔が、自分の方に近づいてくるのを見て、春菜は理由もないのに目を閉じた。そうした方がいいと考えたわけでもなく、ただ、ごく自然に。

自分の唇に触れるものが城野の唇だと、目を閉じているのにはっきりわかる。

触れた瞬間、また貧血の時のように頭がクラクラする感触を味わった。今度は怖いせいじゃない。

嬉しくて、気持ちいいせいだ。

少しの間触れたあと、城野の唇がそっと離れた。

「……ごっ、ごめん」

慌てたような城野の声を聞いて、春菜はむっとして目を開ける。

「何について謝ってるんだ？」

好きだと、春菜は城野にちゃんと伝えた。自分がずっと信じずにおきながら、この状況で城野がこちらの気持ちを疑《うたが》っているのなら、腹が立つ。

「だって、寮則で『不適切な関係』になったら駄目だからなって、山口先輩がすっげぇ脅《おど》しかけてくるし」

「……山口……」

春菜は、山口の部屋のある方を、その姿が見えるわけでもないのに見遣った。

ここまできて、春菜にもやっとわかることが、城野の気持ち以外にもあった。

(あいつ、全部、知ってたんだな)

——そういや、城野が娯楽室で何やってるか、晋平知ってる?

——告白したら? 何なら、俺が聞いてきてやろうか?

山口の言葉を思い出すだに、彼が城野が春菜をどう思っていたのか知っていたとしか思えない。

「俺のせいで春菜先輩が寮を追い出されて、学校からもいなくなるとかになったら、嫌だから。だから我慢してたっていうのもあるんだよ、さっきも言ったけど、俺はいつも先輩に触りたいって思ったのに」

「『寮生同士の不適切な関係を禁ずる』……って」

「うん」

「城野、寮生じゃないだろ」

「……あ!!」

山口が何のつもりで城野をからかっていたのかも、春菜は理解した。

そこに気づかない城野が、おもしろくて仕方なかったのだろう。

「……でも、じゃあ、先輩は？」

「俺？」

「春菜先輩は、俺とそういうことしたいって思ってるの？」

城野は少し疑わしそうな目で春菜を見ている。

春菜は真面目に考え込んだ。

「どうだろう。さっきのは、気持ちよかったけど」

初めてキスをした。城野とそうするのは、眩暈《めまい》がするほど気持ちよかったし、満たされた気分になった。

「……確かめていい？」

慎重に訊ねる城野の真摯《しんし》さがおもしろいのと、嬉しいので、春菜には拒む理由が見つけられない。

頷くと、すぐにまた城野が唇を寄せてくる。春菜はもう一度目を閉じた。唇が触れ合って、さっきと同じ感覚を味わう。

城野はまだ春菜の片手を握ったままだ。触れ合っている手と唇から、城野の熱が流れ込んでくる。電極みたいだな、と思って春菜が少し笑いかけた時、その唇を割って、何かが潜《もぐ》り込んできた。

「……っ」

驚いて、少し身を引きそうになる。その反応をまるで見透かしていたように、城野の自由な方の手が春菜の背中を抱き込んだ。

「んっ」

温かく湿った感触が、深く口中に入り込んでくる。

まったく予想していなかった城野のやり方に、春菜は動揺するが、背中に触れる城野の腕が少し震えていることに気づいて、逃げようとするのをやめた。

(気持ちいい)

抱き締められるのも、深い接吻《くちづ》けを施《ほどこ》されるのも、気持ちがいい。

初めてのことすぎて、どうしたらいいのかはわからなかったが、城野は春菜がそんなことを迷う隙《すき》も与えないくらい、熱心に春菜の口中を蹂躙《じゅうりん》している。

(……けど、ちょっと、く、苦しい)

鼻とか、合間に口で呼吸を試みるが、城野が夢中で動きを止めないからうまくいかず、さすがに息苦しくなってくる。

「し、城野——もう、そろそろ」

休んでいいんじゃないか、と思って再び身を引きかけた春菜を、城野は止めなかった。

代わりにぐっと体重をかけて押され、膝立ちのままだった春菜は簡単に体勢を崩し、床の上にひっくり返る。

「うわ……っ」

慌てて声を上げるが、思ったような痛みがなかったのは、城野が背中を支えておいてくれたおかげだ。

しかし仰向《あお》けに倒され、上に城野がのしかかっている状態は苦しくて、春菜はどうにか起き上がろうともがいた。

「城野、ちょっと、重い。起きられない」

「逃げないで」

気づくと、城野に両腕を押さえつけられていた。

「逃げないでね？」

懇願《こんがん》するように言いながら、城野は春菜の手から、握りっぱなしだった手紙を取り上げて床に放った。

「いや……もう避けたりとか、しないけど……」

手紙を粗末《そまつ》に扱われるのだけが不満で、起き上がってそれを拾おうとする春菜を、城野がまた押さえ込んだ。

「城野？」

動きが乱暴というほどでもないのに、力が強くて、春菜は少し眉を顰《ひそ》める。骨があちこち板張りの床に当たって正直痛い。

「ごめん、止《や》めてあげられない」

困ったように言いながら春菜を見下ろす城野は、苦笑いを浮かべている。

——が、目があまり笑っていない。

「だから、嫌がらないでね、先輩」

「う、うん」

少し怯《ひる》みつつ、春菜は頷いた。

これまでさまざまな本を読んできたおかげで、同性でも触れ合うすべがあるということも、そのやり方も、知ってはいるが。

自分と城野がそれをするのだ、と気づいて、春菜は今さらハッとした。

(え、ここで、このまま?)

そんな展開を、まったく予想していなかった。

呆然《ぼうぜん》としている間に、城野は春菜のネクタイを弛《ゆる》め、外し、もうシャツのボタンに手をかけている。器用で、素早い動きだった。

どうしよう、と春菜がもたもた考えている間に、シャツの裾《すそ》はズボンから引っ張り出され、すっかり前を開かれている。

「綺麗な体……」

うっとりと呟きながら、城野が手を伸ばして、春菜の胸に触れた。片方の胸の先が城野の指に触れ、春菜は思わず身を竦《すく》ませる。

逃げたいような気分になったが、城野が腿《もも》の上に乗り上げているので、動けない。

「先輩、俺のこと試した時、俺がそれに乗ったら自分がどんな目に遭《あ》うとか考えてなかっただろ」

あまり力を入れず、城野が春菜の胸を、指で擦《こす》るように触れてくる。

それがむず痒《がゆ》いような、痺《しび》れるような、妙な感覚になって、春菜の体をびくつかせた。

「……っ……ん」

出そうと思っていないのに、妙な声が喉《のど》から出て、春菜は咄嗟に自分の口許を拳《こぶし》で押さえた。

「全然ためらったりしないから、この人本当に俺の下心とか、気づいてないんだなあって。……情けないし、辛いし、なのに体は反応するしで、すっごい困ったのとか。言わないとわからないんだろうなー……」

体は反応するし、という言葉に釣られるように、春菜はおそるおそる城野の苦笑から、その下へと視線を移した。

「……」

ズボンの上からでもわかるくらい、城野の体は、確かに、反応している。

それに気づいて、春菜は全身が赤くなるくらいの勢いで羞恥《しゅうち》を覚えた。

城野の「好き」がどういう意味なのかやっとわかった気でいたのに、さらに深淵《しんえん》があるのだと、思い知った。

「逃げないでってば」

嫌だったわけでもないのに、春菜はまた城野の下から這《は》い出ようともがいてしまう。

城野が少し焦《じ》れたような声で言いながら、春菜の上に覆い被さってくる。じっと顔を覗《のぞ》き込まれた。

「逃げても追いかけるよ。先輩わかってないかもしれないけど、俺、すごくしつこいよ」

「な、何となく、わかる」

図書室の帰り道を待ち伏せしたり、教室まで来て様子を確かめたり、ここまで追ってきたり。

根気がなければ、できることではない。

「俺だって、最初はこんなふうになるとは、自分でも思ってなかったんだけど。先輩が、山口先輩とか……他の人のものになったら、嫌だなあと思うと、止まんなくて」

「……そうか」

困ったように話す城野を見て、春菜は嬉しさと、相手に対する愛しさを感じた。

「よかった。俺は城野が好きだって言ってくれても信じないで、辛い思いさせただろ」

城野が自分を好きではない、他に想う人がいると勘違いした時に味わった気持ちを思い出せば、春菜は諦めずにしつこくしてくれた城野に、心から感謝したくなる。

「悪かった。もう逃げないから」

「……先輩」

熱っぽい目になった城野が、また唇を寄せてくるのを見て、春菜は大人しく目を閉じた。

嫌ではなかったが、しかし少しだけ怖い気もするが、それよりも城野が好きだという想いが勝って、春菜はぎこちなく相手の背に手を伸ばした。

城野が唇から耳許、首筋へと触れる場所を変えるたび、感じる震えを、相手の背を抱き締めて堪《こら》えようとする。

正直、何が何だかわからなかった。

唇や指であちこちを触れられ、刺激されて、味わったことのない感触に混乱する。

「ん……っ……ぁ……」

今度は唇で胸の先を吸われ、強く噛《か》まれて、抑えていた声が漏《も》れてしまう。

寮の壁《かべ》はそうそう薄いわけではないが、たった一枚隔《へだ》てたところに、隣人がいる。

うるさい、と踏み込まれてこの有様を見られたら、城野が寮生ではなかろうが、どう考えても処罰される。

だからなるべく静かにしていなくてはいけないと思っていたのに、ベルトを外され、ズボンの前を開かれ、下着の中に入ってきた城野の手に勃《た》ち上がりかけているものを摑まれた時は、どうしても声を漏らしてしまった。

「ま、待て、城野……っ」

「――よかった。先輩もちゃんと、感じてるね」

「……ん……、……っ……ん」

嬉しそうな城野の声を聞いて、言葉を失くす。が、握られたものを遠慮なく扱《しご》かれ、言葉にならない声が零《こぼ》れていく。

「先輩って、あんまり性欲とかなさそうだなーって常々思ってたんだけど……」

自分の状態を正視したくなくて、固く目を瞑《つむ》る春菜の耳許で、城野が囁《ささや》く。

何てことを言うんだ、と思いつつ、春菜は相手を睨みつける余裕もない。

「でもやっぱり男なんだし、一人でもするの？」

だから何てことを言うんだ、と言ってやりたかったが、口を開けば大きな声が出そうで、逆に唇をきつく引き結ぶしかない。

「先輩」

耳に唇と吐息が触れるほど近くで囁きながら、城野がきつめに春菜の茎《くき》を扱き上げる。確かに城野はしつこい。本当にしつこい。泣きたくなってきた。

先端も強く擦られ、全身をびくびくと震わせながら、春菜は城野の腕を摑む。

「――そっか、あんまりしてたら、喋《しゃべ》れないか」

春菜の言外の訴《うった》えを聞き入れて、城野は少し動きを弱めてくれた。

「で、するの？」

しかし、やっぱりしつこい。

「……する、普通に」

きっと答えるまで許してもらえない気がして、春菜は切れ切れの呼吸の中、死にそうな恥ずかしさを堪えて頷いた。

「どんなふうに？　何か本読んだり？」

前に山口から「数学の参考書とか、社会史の本読んで欲情する」などと言われたが、実際そんなものに性的な興奮を覚えるわけじゃない。晩稲《おくて》で未熟な春菜には、必要に迫られる時は、体調の問題しかなかった。

「……別に……溜《た》まったら抜くだけで」

俺は俺で何を言ってるんだろう、と思いつつ、答えるたびに、体から力が抜けていく感じがした。

力は上手く入れられないのに、城野のやんわりした動きに従って、床の上で背中が跳《は》ねる。

「じゃあ次からは、俺のこと考えながらしてね」

城野は次から次へとんでもない言葉を口にしている気がする。

さすがにこれに頷くところまでは、春菜にも無理だ。ずっとぐらぐら眩暈がしている。頷いた瞬間、恥ずかしすぎて死んでしまう気がする。

「それとも、もう一人でなんかする余裕もないくらい、いっぱい出してあげようか」

なぜ泣けてくるのかわからないまま、春菜はぼろぼろ涙を零した。

（恥ずかしすぎても泣くもんなのか、人間は）

休まず与えられる刺激に身を震わせながら、春菜は小さく啜《すす》り上げた。

「……なんて、俺が全然、その余裕ないけど……」

城野の呟きが、少し遠い。

不思議に思って、泣き濡《ぬ》れた目を開いて見上げると、城野は体を起こし、春菜を跨《また》いだ格好で、自分のベルトに手をかけている。

「……」

春菜はまた死にそうな気分になって目を閉じた。

自分は一体何でこれを、少年だか青年だかわからないものだと思っていたのか。

全然少年じゃない。

「さすがに、このままじゃ入らないよな……」

城野の声音にも多少の戸惑いが隠されていなければ、春菜は耐えかねて、相手を殴りつけ、山口の部屋にでも逃げ込んでいたかもしれない。

なるようになれと、ぐったりしていたら、力の抜けた脚《あし》からズボンと下着を一遍《いっぺん》に引っこ抜かれた。

挙句膝を曲げて開かされ、腰を持ち上げられ——あらぬところに濡れた感触を覚えて、なぜ自分がまだ息をしているのか不思議になるくらいの衝撃を受ける。

(舐《な》……められてる?)

深く考えたくない。

何かが、自分の体の深いところに触れて、濡らしている。

「……ふ……っ……ぁ、……あ……」

無心でいよう、と思うのに、そのせいなのか、勝手に漏れる声がもう止められない。

城野の舌だか指だかわからないものにいじられているらしい下肢の間以外にも、濡れた感触がある。昂《たか》ぶったまま収まることを知らない性器の先から、止めどなく体液が零れている気がする。

怖くて見られない。

「すごい……先輩の、先のとこ口みたいにぱくぱくしてる」

せっかく見ないようにしているのに説明するなと、春菜は城野を蹴《け》りつけたかったが力が入らず、責めたかったが唇から漏れるのは罵倒《ばとう》ではなく、力のない啜り泣きみたいな声ばかりだ。

「……ん……、……ぅ……」

「駄目だ、もう……」

下肢の間で、城野が身動《みじろ》ぐ感じがする。

「力、抜いててね」

言われなくても、すでに自分で自分の体をどうこうできる状態ではない。

——と思っていたのに。

「んっ、ん……、ぁ……!」

体の奥にねじ込まれる熱くて硬いものの存在を感じて、春菜は全身を強張らせた。

「い、てて」

辛そうな城野の声がする。その熱を思わず締めつけてしまったせいなのか、咄嗟に摑んだものの——多分城野の腕——に爪を立ててしまったせいなのかはわからない。

「……いいよ、力一杯握っても、大丈夫」

城野があやすような声で言う。その間にも、体の奥へ奥へと、凶悪に硬いものが侵入してくる。

「っ……、……城野、これ、きつい……」

「ごめん。大丈夫だから」

春菜は息も絶え絶えに訴えるが、城野は意味も根拠もない言葉を繰《く》り返すばかりだ。城野の方も、もうわけがわかっていないのかもしれない。

「ごめん」

「ん……、……ッ……」

あるいはわかっていて、止めるつもりがないだけか。

脚を抱え直されたようだ、と把握《はあく》した時には、体を強く揺すられていた。中を、城野の熱が行ったり来たりしている。

もう硬く目を閉じる力もなく、春菜は自分の意志とは関わりなく荒い呼吸を繰り返しながら、城野を見上げる。

目が合って、城野が嬉しそうに笑った。

苦しかったし恥ずかしかったし痛かったのに、その顔を見たら、春菜はこの世の何もかもが許せるような気分になってしまった。

「先輩……気持ちいい……」

おまけに城野が素直にそう口にするたび、春菜の方も、今まで味わったことのない強烈な感覚を味わわされる。

はっきり気持ちいい、とわかったわけではない。

「……ッ……」

だが荒くなる城野の動きに翻弄《ほんろう》されながら、その腕や背中に力一杯縋《すが》って、春菜は声もなく達した。

春菜が吐精《とせい》したあと、城野が何度か腰を打ちつけ、深いところで動きを止めた。

「……、……は……」

胴震いする城野の姿に、春菜は彼も達したことを察する。

（中に出された……）

城野が一連の行為に一切のためらいを見せなかったことに、春菜は八割くらい消えかけている思考の中で、やけに感心した。

感動、と言ってもいいかもしれない。

「……先輩……」

城野は城野で、感極まったような声を絞《しぼ》り出すと、春菜の上にぐったり凭《もた》れてくる。

何となく、春菜は改めて城野の背中を抱き締めた。

「先輩、大好き……」

ここまで好き放題やっておいて、最後には後輩の可愛《かわい》げを見せる城野に、春菜は言うべき言葉もない。

（いや、ひとつだけあるか）

自分よりもずっと背の高い城野の重みを受け止めつつ、春菜は小さく頷いた。

「俺も」

城野も、春菜の背中と床の間に手を入れて、力一杯体を抱き締めてくる。

「これからは、ずっと俺だけの先輩でいてね」

「いや、これからも何も……」

どうせ最初から、こんなふうに会いたいのも話したいのも、好きなのも城野だけだ。山口とはこんなことをしたいとも思わない。

「ん？」

しかし今そう言うのもどうか、という空気を、春菜は自力で読み取った。

「わかった。城野もな」

「うん」

城野は今まで春菜が見た中でも、一番嬉しそうな顔で笑って、力一杯頷いた。

春菜もこれ以上ないくらい、人生で一番と言えるくらい、幸せな気分だった。

◇◇◇

「で——何で毎日ここにいるんだ、それ」

怪訝《けげん》そうな顔で、ベッドに腰を下ろした山口が言う。

「いや、それは、俺の台詞《セリフ》ですけど」

床に直接座っている城野が、山口と同じような、いや、それよりはるかに不機嫌《ふきげん》そうな顔で言い返す。

学習机の前に座っている春菜は、何だか妙なことになっているな……と思いつつ、できるだけ我関せずを装《よそお》って、読書に熱中するふりをした。

「どうして山口先輩が俺と春菜先輩の邪魔するんですか」

城野は一応敬語を保ってはいるが、口調はすでに、先輩に向けるようなものではない。

「俺は晋平と思想対立の克服について広い学問領域で議論しようと思って来ただけだけど」

「日本語《にほん》喋ってください、日本人なんだから」

寮の、春菜の部屋だ。

ただでさえ広くはない場所に、三人もいるから、窓を開けているというのに妙に熱くて仕方がない。

「つーかそろそろ、退寮時間だぞ。帰った方がいいんじゃないか?」

開け放った窓の外では、晩春の月が綺麗に光っている。

城野がぐっと言葉に詰まった。

「乃木坂も、そろそろ昼飯の時のジュース程度じゃ買収され続けられないって言ってたぞ」

「……もう、何なんですか山口先輩、やっぱり、春菜先輩のこと好きなんですか……!?」

苛立《いらだ》ちを隠しもせずに城野が声を上げ、春菜は本を読むふりを続けることも難しくなり、とうとう机の上に突っ伏した。

「城野、落ち着け……山口も、いい加減、おもしろがるのをやめろ……」

さすがに泣きたくなってくる。

――城野とこの部屋で、わけもわからないまま結ばれたのが、ほんの四日前。

城野は夜中まで居座ったあと、窓からこっそり帰っていった。

そして翌日は朝も昼も放課後も春菜のクラスに顔を出し、春菜と一緒に寮に帰ってきて、一緒に部屋に上がり込んだ。

それを四日間続けて、そしてなぜか、三日連続で山口が乱入してきた。

「城野、山口はただただ、俺と城野をからかって楽しんでるだけだから。悪意はないから」

「悪意だらけじゃないですか！」

城野は春菜だけではなく、山口の前でも、すっかりしつこくて嫉妬《しっと》深い素の姿を晒《さら》している。

山口がそれにまったく驚いた様子ではないのが春菜にとっては不思議だったが、訊ねてみたところ「城野の本性なんてとっくに見抜いてた」ということらしい。「全然気づいてなかったのは晋平くらいだと思う」とも言われた。

「あのな、城野。ついでに、晋平も、よく聞け」

その山口が、なぜか妙に改まった態度になって、二人に呼び掛けた。

春菜は何ごとかと不審になりながらも突っ伏していた体を起こし、城野もしぶしぶながら姿勢を正して先輩の方へ向き直った。

「何ですか？」

「壁が薄いから。割と」

「え？」

「買収するなら、乃木坂だけじゃなくて、上下左右の部屋の奴ら全員にしておけ」

「……」

山口は真面目な顔で二人に告げた。

春菜と城野は同じように言葉を失い——同じように動揺した。

「え、え、山口、何それ」

椅子から腰を浮かせる春菜に、山口が芝居がかって見えるほど大きく溜息《ためいき》をついて、首を振った。

「教えておかなかった俺が悪かったよ、まさか城野がこんなに早く晋平に手を出すとまでは思ってなかったし……」

「あ、あの、じゃあああの、と、隣の人とかに、全部筒抜けとか……ご、ごめん春菜先輩、俺」

さっきまで強く山口に食ってかかっていた態度を一転させ、城野も無意味に床から立ち上がり、春菜の腕を掴んでくる。

「こ……このあいだの、周りに、丸聞こえだった……のか……!?」

春菜は呆然と呟いた。

それほど大きな声を出したつもりはないが、途中からわけがわからなくなっていた。

そんなあられもない音声を周りに撒《ま》き散らしたと思ったら、春菜は恥ずかしいのと居たたまれないので、死にたい気分になってくる。

「まあ乃木坂と俺とで上下左右の奴らに賄賂《わいろ》を渡して、その時間は風呂なり娯楽室なり行くよう頼んでおいたけどな?」

あくまで真顔で、山口が言う。

「でも次から気をつけろ。今日も我慢だ。それに、万が一連日だとさすがに迷惑になるから、自重しろ。いいな?」

重々しい口調の山口に、春菜と城野は揃《そろ》って殊勝《しゅしょう》に頷いた。

「わ、わかった」

「わかりました……」

「よし。じゃあ俺はそろそろ風呂に行くので、節度を持って、ごゆっくり」

最後には笑顔になって、山口が春菜の部屋を出ていった。

呆然と、春菜は椅子に座り直す。

まだ恥ずかしくてどうしようもない気分だった。顔どころか、体中が赤くなっている気がする。

「……え、あれ?」

城野にも、何と言ったものか……と悩んでいるうち、変な声が聞こえた。

「さっきの、おかしくない？」

「……何がだ？」

城野の方もまだ顔を赤くしたまま、しきりに首を捻っている。

「だって山口先輩、俺がこんなに早く春菜先輩に手を出すと思ってなかったって言ってたのに、じゃあ何で、上下左右の人たちにあらかじめ部屋を空けるように頼んだりとか」

「……」

「大体そんなこと、あの翌日に言えばすむだろ。毎日毎日俺と先輩の邪魔しなくたって、ちゃんと最初に説明してくれればよかったのに……！」

春菜もやっとその不自然さに思い至り、と同時に山口の意図にも気づいて、再び机に突っ伏す羽目になった。

「……あの野郎……」

どう考えても、力の限り、からかわれた。

「もー、何なの先輩、あの人。何であんなに全力で俺のことといじめるの……」

城野はがっくりと項垂れている。

「ていうかもう、乃木坂にも筒抜けってことか……」

「まあ、半分くらいは本当に親切で忠告してくれてるとは思うんだけど」

「性格悪すぎだよ、本当。こんな可愛い春菜先輩の友達だなんて思えないくらい」

不貞腐《ふてくさ》れた顔の城野の手は、それでもしっかり春菜の手を握ったままで、それを優しく撫《な》でさすったりしている。

根性のしぶとさならいい勝負じゃないか——と口に出しかけて、春菜はそれを堪えた。

山口の意地の悪い忠告も、城野の抜け目のなさも、別に嫌なものではない。

「……でも、そっかー……できるだけ、我慢しないとな……」

春菜の手に触れながら、城野が少し気落ちしたように呟いた。

「乃木坂は味方してくれるだろうし、さっきの山口先輩の言い方だとそんな心配するほどでもないかもしれないけど……でも、春菜先輩に迷惑かけたくないし……」

「城野……」

神妙に言う城野こそ可愛く思えて、春菜はそっと片方の手だけ相手の手の中から抜き出し、その頬を撫でた。

「もし先輩が寮を追い出されたら、いっそうちの親に頼み込んで、俺の家に下宿してもらったりとかもありかなとか思ったりもするけど……あ、それもいいな、先輩と、憧《あこが》れの同居生活」

「……城野」

「嘘《うそ》、ごめん、本当に迷惑かけないように、頑張るから」

慌てた様子で言って、城野が春菜を見上げ、笑う。

「バレて問題になって、先輩と一緒にいられる時間が減るのも、バカみたいだしね。不適切なことをする時は、なるべく気をつけよう」

微笑んでそう言う城野に、春菜は相槌を打ちかねた。さすがに気恥ずかしい。

照れて困る春菜の内心はわかっているのか、城野はただ笑っているだけだった。

「今日は、時間ぎりぎりまで、こうしてるだけで我慢する。でも明日は土曜だし、放課後デートしよう？　それで、日曜日もずっと一緒にいたい」

「……デート……」

自分の人生で、そんな言葉が出てくるとは、春菜は何となく思っていなかった。

期待したこともない。

でも何だか、とても嬉しいものだと思った。

「人混み苦手だし、本屋以外に行きたいとこないけど……」

「いいよ、じゃあ行けるかぎりの本屋さん片っ端《ぱし》から回ろう」

「城野は、そんなのでいいのか？」

「最終的にまたエッチしたいけど」

とても可愛い笑顔で、城野がはきはきと希望を告げる。春菜は赤くなって項垂れた。

「……城野……」

「あとで行きたいところとかはできるかもしれないけど、当分は、山口先輩に邪魔されないところで春菜先輩と二人きりになれるならいいよ」

「……そうだな」

外に出かければ人目はあるだろうが、城野はあまり気にしていないようだし、春菜はそもそもそんなものを意に介さない。

だったら城野と一緒にいられる嬉しさだけに目を向けていれば、それでいい気がする。

春菜も笑って頷いた時、城野の制服のポケットで携帯電話のバイブレーション音が聞こえた。メールが届いたらしい。

「あー、乃木坂だ。とっとと帰れ、だって」

どうやら時間になってしまったらしい。

「じゃあ、俺は帰るけど……先輩」

「ん？」

呼ばれて春菜が顔を上げたところに、城野が身を屈《かが》めて近づいてきた。頬に掌で触れられる。

思わずぎゅっと目を閉じる春菜の唇に、城野の唇が当たる。

触れるだけのキスを、少しだけ長く続けた。

「……それじゃ、明日ね、先輩」

照れ臭そうに笑って、未練が残らないようにと努力している様子を見せながら、城野が春菜から手を離す。

「またな」

春菜は頷き、椅子に座ったまま、部屋を出ていく城野を見送った。玄関先まで見送ったりしないのはいつものことだ。

城野の足音が離れていったあと、春菜は立ち上がって窓辺に近づいた。

どうせあっちこっちで顔見知りの寮生に捕《つか》まって、時間がかかるだろうが、そのうち窓の下に城野が出てくる。それを春菜は待った。

待つ間、少し焦れたような、大方は幸せな心地になる。

誰かと一緒にいたり、誰かを待つことで、自分がこんな気持ちを味わえる時が来るなんて、考えたこともなかった。

四日前に城野と結ばれた時は、こんなに幸せなことはもうないだろうと思っていた。

でもそれが未だに続いているし、会うたびにますます強くなるから、すごいと思う。

(早く出てこないかな)

開け放った窓の下を、春菜は熱心にみつめる。

玄関から転がり出てきた城野が、春菜を探して窓を見上げるまで、あともうちょっとだった。

学生寮で、恋人と

1

「ただいまー」

と言いながら城野《しろの》がドアを開けたのは、春菜《はるな》の部屋だ。

先に学校から学生寮に戻っていた春菜は、学習机の前に座って新書を読んでいて、特に顔を上げることもなく「うん」とうわの空で返事をするだけだった。

——いや、うわの空のふりで、か。

「先輩、ただいま」

「うん」

城野は春菜の部屋に入り込み、通学用の鞄《かばん》をその辺に放り投げると、椅子《いす》に座っている春菜の足許へと腰を下ろした。

こてんと頭を膝《ひざ》の上に乗せられ、春菜は城野が入ってきた瞬間からちっとも目に入らなくなっていた新書の文字から、その頭に視線を移した。

「疲れたー」

城野はあからさまに甘えている。放課後、一学期中間テストの赤点補習だったのだ。春菜が懸命に勉強を見てやった甲斐《かい》なく、数学と物理の二教科が赤点だった。それでも城野曰く『これまで五教科全部赤点だったんだから快挙』とのことだ。以前『中間で赤点取ったら留年危機』と言ってたが、三教科はぎりぎり平均点を超えたので、放課後教師とほぼマンツーマンの補習授業を受けることで留年は回避される模様だ。

「補講も春菜先輩がやってくれるんだったら、もっとやる気出るんだけどなあ」

城野がぐいぐい膝蓋骨《しつがいこつ》の上あたりに額を押しつけてくる。春菜は少し足が震えそうになるのを、どうにか堪えた。

「俺教えるの下手だったろ」

春菜と城野では学力の差に開きがありすぎた上、春菜にとっては『どうしてこれがわからないのかわからない』というところでばかり城野が引っかかるもので、どうもうまく試験勉強を見てやれなかった。

「でも授業より全然わかりやすかったよ」

城野の方はそう言い張る。普段どんだけ授業聞いてないのかって話だよな、と言い放ったのは春菜の友人の山口《やまぐち》だ。

『晋平《しんぺい》が公式使えって言った時の「何それ?」っていう城野の顔と、それ見た晋平の「この世ならざるものを見た」って顔は、記念に録画しときたいくらいだったわ』

とまで言われた。どうも城野が本人の申告によれば『中等部の途中までは、そこそこ賢かった』というのは、理解して知識を身につけたのではなく、何もかも丸暗記で中学受験を乗り切り、その後は順調に忘れていった果てに今があるということらしい。

「苦手なものでも、それより好きなものが目の前にあると、全然面倒じゃなくなるんだなーって学んだし」

「そんなに勉強嫌いか、城野」

「そこはそんなに俺が好きか、って聞くとこじゃない？」

さらりと言われて、春菜は言葉に詰まった。睦言《むつごと》めいたやり取りが、春菜にとってはなかなかハードルが高い。そういう切り返しがパッと出てくる城野こそ、本当は頭がいいんじゃないかと疑いたくなってくる。

「あんまり集中できる環境じゃなかったのが、残念だな」

うまい返事が思いつかず、甘い言葉を返す代わりに、春菜はそう言った。

テスト前期間は自宅生が寮に出入りすることが禁じられていたので、三年生の春菜が二年生の城野の教室まで放課後出向いた。図書室の学習机は競争率が高かったし、近隣のファーストフードだのファミリーレストランだのではその時期学生のテスト勉強が禁じられていたので、苦肉の策だ。

何に苦労したのかといえば、教室で勉強していたら、『あの城野がテスト勉強している！』

と、彼の同級生ばかりか、教師までもが様子を見に来ることだった。それなりに進学校であるはずの煌了館学園《こうりょうかん》で、中等部入学以来めきめきと学力を壊滅的な方面へ進行させていた城野由司《ゆうじ》については、教師たちも頭を悩ませていたらしい。

「でも二人きりになっちゃったら、余計勉強になんかならなかったと思うしさ」

さらに返された城野の言葉に、ちょっと前までの春菜だったら、何で？　と素で首を傾《かし》げていただろう。

今はわかる。城野が部屋に来た時から、いや、そろそろ帰ってくるかなと思い始めた数十分前から、春菜はすっかり落ち着かなくなって、大好きな読書にも身が入らない有様だ。

これまでの春菜だったら、どんな環境だろうと、誰がそばにいようと、一度集中したら最後のページをめくるまで決して読書の手を止めることなどなかったというのに。

「補講終わるまで、どうにか頑張るよ」

「うん。頑張れ」

言いながら、春菜はぽんぽんと城野の頭を叩《たた》いた。

元から長めだった城野の髪はさらに伸びて、根元の色が少し暗くなっている。明るい茶髪は天然のものではなく染めていたらしい。よく見ると小さな房ごとに色が微妙に分かれている。どういう規則性なんだ？　と思いながら、春菜は本を持つのと反対の手で、城野の髪を摘《つ》まんでみた。

「ん、何?」

感触で気づいたのか、城野が笑いを含んだ声で訊《たず》ねてくる。くすぐったそうな声で、それを聞いている春菜の胸も何だか妙にくすぐったくなった。

「明るいところと暗いところがある」

「最近手入れサボってるから根元地毛になっちゃって」

「それもだけど、こことここで色が違ってる」

毛先を目の前まで持っていくと、城野が「ああ」と頷《うなず》いた。

「そういうふうにしてもらってんの。これだと伸びちゃってもあんまプリン目立たないから」

「ふーん……」

春菜にはよくわからなかった。春菜の場合、気が向いた時に適当に床屋に行って切ってもらうだけだ。伸びるのが遅いし、切ってもらう間にしなければならない世間話が面倒で、滅多に行かない。だが城野は春菜には理解不能の手入れをしているくらいだから、身だしなみには気を遣っているのだろう。あまり意識したことはなかったが、髪型や持ちものは何だかテレビや雑誌に出て来るものみたいだし、『流行に合わせたお洒落《しゃれ》』みたいなものを、自然とできる人なのだ。

「気になる?」

春菜がしつこく城野の髪を撫《な》でたり引っ張ったり矯《た》めつ眇《すが》めつしていると、城野がやっぱり笑いを含んだ声で訊ねてきた。

「城野は格好いいな」

「え」

思ったことをそのまま言ったら、なぜか城野に緊張感が走った。

「何か変なこと言ったか、俺？」

少し不安になって、春菜は城野に訊ねた。人の気持ちがよくわからず、頓珍漢《とんちんかん》なことを言っては相手を困らせるのが、春菜の幼い頃からの得意技だ。

はらはらしながら見守っていると、城野がまた春菜の膝上にぐりぐりと額を押しつけてくる。

「春菜先輩に格好いいとか言われたの、初めてでー……照れた……」

「そ、そうか」

春菜がうろたえたのは、照れたという城野に釣られたのと、膝上を刺激されてまた腿《もも》や腰の辺りが小さく震えてしまったせいだ。

「城野、悪い、くすぐったいんだ」

「んー……」

本当は、ただくすぐったいとも違う感じだった。それがどういうことなのか、春菜はもう知っている。

（変なところが、弱い）

脇腹とか、腰骨の真下の辺りとか、城野に触れられると変な声が出そうになる。というか、出る。

慣らされてしまった気がする。この二ヵ月足らずの間に。

「俺も、ごめんね」

そう言いながら、城野の指先までもが春菜の膝辺りに触れた。

「わざとしてるんだよ」

くすぐられて、春菜は身を竦《すく》ませた。たかが脚を撫でられただけでこんなふうになる自分はどこかおかしいんじゃないか——と不安には思わなかった。城野がわざとしているというのなら、仕方ない。城野は簡単に春菜の体を、感覚を、翻弄《ほんろう》する。初めから自分の体なんて城野のものだったんじゃないかという錯覚が湧《わ》き起こるくらい、相手の思うままだ。

（でも別に、嫌じゃない）

自分が自分以外の誰かのものだなんて考えたことがなかった。というより、春菜はずっと自分と他人との境界線が曖昧《あいまい》で、世界は自分自身を含めて何もかもが緩やかに混ざり合った薄ぼんやりとしたものに感じられていた。だから孤立してしまっても疎外感を感じない代わり、自分以外の人の気持ちや視線を気にする必要がなかった。明確なのは数字や物質だけで、心について考えることがなかったのだ。

城野に出会って初めて、自分が相手をどう思っているのか、相手が自分をどう思っているのかが、ひどく重要なことなのだと気づいた。酵素や炭素やリンなどだけではなく、糖質やタンパク質や脂質などだけではなく、自分以外の他人を思う心があって初めて春菜晋平という人間が出来上がっているのだと。

それを興奮気味に伝えた時、『そりゃ世紀の大発見だな』と大真面目《まじめ》な顔で言ったのも、友人の山口だった。山口もその他大勢の世界中の人々の中では、春菜にとっては際立った存在だったが、城野とはまた違う。

「せーんぱい、また難しいこと考えてる?」

自分の考えに耽《ふけ》っていた春菜は、城野に問われて我に返った。

城野はやっと春菜の膝から頭を上げて、じっと春菜を見上げている。

そうやって躾《しつけ》のいい大きな犬みたいに、上目遣いでみつめられることにも、春菜は弱い。

「仕方ないけど、ふたりきりでいる時に本読む以外で他のこと考えられたら、ちょっと寂しい」

「……」

読書や勉強に没頭している時、城野は基本的に春菜をそっとしておいてくれる。

そわそわして集中できず、手にしていたはずの本をいつの間にか置いて城野を見てしまうのは春菜の方の問題だ。——今みたいに。

「両手が空いてる時は、俺のこと構ってね」

そう言って、少し前までは新書を持っていた方の春菜の手を、城野の手が捕まえる。

「本持ってる時は、片手間でもいいから」

指先に唇をつけられて、春菜は困惑した。された行為や感触についてではない。たったそれだけの仕種《しぐさ》で、こんなにも胸が一杯になって、何かが溢《あふ》れ出そうになる自分の感情に対してだ。

城野のことを、それこそ犬のようだと思っていた時期がすでに懐かしい。いや、こうして足許に座ってこちらへ身を寄せてくる様子を見ていると、やはり躾の行き届いた大型犬のようにも思えるのだが。

（犬に指を舐《な》められてこんな気分になるわけない）

思いながら、春菜は城野に取られた手を動かして、相手の唇に自分から触れた。つついてみると、ぱくっと先に食いつかれた。歯を立てられて背中が震えそうになる。眉根を寄せる春菜の顔を、城野が見上げて、笑った。

いつもの無邪気な笑顔とは少し違う、艶《つや》っぽい、やっぱり見ている春菜の心臓が跳ねるような表情だった。

「先輩、こっち来て」

間近にいるのに、城野が春菜をそう促す。春菜は困った気分のまま、椅子から腰を浮かせた。途端、腕を引っ張られて、城野の方へ転げ落ちるような体勢になる。

「うわ」

慌てて声を上げるが、城野が難なく春菜の体を受け止めた。ぎゅっと背中を抱き締めてから、城野は春菜の頬を両手で挟むようにして、顔を覗《のぞ》き込んでくる。

あ、キスするんだな、と思って、春菜はおとなしく目を閉じた。

思ったとおり、さっき指で触れた城野の唇が、春菜の唇に触れる。最初は掠《かす》るように、それから小鳥が餌を啄《ついば》むように何度も。春菜は応え方が未だにわからず、ただされるままになる。段々触れている時間が長くなってきた。濡《ぬ》れた感触がする。唇だけではなく、舌でも触れられる。

「――先輩も、舌、出して？」

ねだるように促されて、春菜は言われたとおり唇を開き、おそるおそるの仕種で舌を差し出す。すぐに城野の舌に触れられて、吸われた。もう春菜の背筋はずっとぞくぞくしている。こちらの頬に触れている相手の腕に縋《すが》る。

やっぱり自分から城野のキスに応えることなどできずに、ただ震えながら、ああ、まずいな、と春菜は頭の片隅で思った。

(昨日も、その前もしたのに)

しばらく好き放題春菜の唇や舌や口腔《こうこう》に触れたあと、城野の唇が今度は耳許に移った。

「立てる？」

吐息と共に囁《ささや》かれて、春菜はまた体をびくつかせながら、小さく首を振った。力は入らない

が、腰が抜けたとかいうほどでもない。それでも首を振ったのは、今日もこのままこれ以上の段階に進んでしまってはまずい——という、焦りのせいだった。

「無理？　じゃあ」

「し、しろ」

今日は、やめよう。

そう言いたかったのに、キスだけで上がった息のせいで声を詰まらせているうち、自分に抱きついている春菜ごと城野が立ち上がった。春菜は驚いて目を開ける。

「……わっ……」

別に春菜が特別小柄というわけでもない。城野は春菜より長身だが春菜より少しましというくらいの細身だ。なのに春菜は城野に抱き上げられ、城野はそのまま歩き出した。

とはいえひょいと移動するとはいかず、壁際までの短い床をよろよろと進んでから、城野がまた春菜ごとどさっとベッドに腰を下ろした。

「床だと、先輩また背中痛くなっちゃうよね」

見上げると、城野は可愛《かわい》い顔で笑っている。褒めて、と言わんばかりの表情に春菜が今度こそ腰砕けになっているうち、城野の指はさっさと春菜のシャツのボタンに掛かっていた。

「城野」

その手を、春菜は咄嗟《とっさ》に押さえた。

「ん？」

城野が、きょとんとした顔で春菜を見る。

春菜は何となく城野の目を見返せなくて、うろうろと視線を彷徨《さまよ》わせた。

「あ、あの……昨日も、その前もしたろ？」

「うん、その前も」

「だから、あの」

ここは、寮だ。高校の学生寮だ。

木造三階建ての二階、角部屋ではないので、上下左右に誰かのいる部屋がある。

(声、出さないように、頑張ってはいるけど)

春菜は自分が城野に触られてどんなふうになるのか、実際そうなるまで知らなかった。

息が上がって、うまく力が入らなくなって、悪寒《おかん》のようなものを感じるのに体が熱くなって、汗とか涙とかそれ以外の体液を普通じゃ考えられないくらい零《こぼ》してしまうとか。

苦しそうに掠れた、でも甘ったるい声をどうしても漏らしてしまうとか。

気をつけよう、と思っていられるうちはまだいい。でも城野の手にあちこち触られて、城野の……大きくなったもので体の中を貫かれて、擦られると、もうわけがわからなくなって、声も反応も抑えられなくなってしまう。

「そっか……」

だから連日そんなものを上下左右の寮生たちに聞かせたり、聞かれないように部屋から避難させたりするのは、申し訳ないし、恥ずかしい。

ということをうまく説明できずに口籠《くちご》もる春菜に、城野が小さな声で言って、頷いた。

「そうだよな。こう毎日じゃ、先輩だって、辛《つら》いよな」

わかってくれたのか、と春菜はほっとしかけた。

「じゃあ今日は、挿《い》れないから。手と口だけで、先輩のこと、いっぱい気持ちよくしてあげるからね」

だがそんなことを言われて、耳許にキスされて、体を跳ねさせてしまう。

「あ……」

「先輩も、俺のこと気持ちよくしてね？」

城野が身じろぐと、彼の上に座る春菜の腿の間に、その腿が入り込む。キスが深くなった辺りから固くなりはじめていた春菜の中心を確かめるように腿で擦ってから、城野が嬉《うれ》しそうに息を吐くのがわかった。

春菜は恥ずかしさのあまり相手の首に抱きつきながら、城野の方も、体がすっかり昂《たか》ぶっていることを、感触で察する。

「可愛い、先輩……」

城野の手が春菜の背中や腰を撫でる。

（まずい……まずい……）

止めなくては、と焦る気持ちとは裏腹に、春菜は城野の方へと身をすり寄せてしまう。

「……ね、先輩、もう一回キスしよ……」

甘くそそのかす城野の声に、春菜はさっぱり逆らえず、目を閉じて頷いた。

◇◇◇

春菜の部屋をノックする者がいたのは、城野が帰ってから、一時間ほど経った頃だ。

「晋平、俺」

春菜を名前で呼ぶのは家族以外で一人しかいない。そして春菜の部屋に気軽に遊びに来るような友人も、一人しかいない。山口だ。

「開けていいか？」

「いいよ」

学習机に向かって参考書とノートを広げていた春菜が応じると、山口が部屋のドアを開いた。

何となく怪訝《けげん》な気持ちで、春菜はその山口を振り返って見上げた。

「開けていいかとか、いちいち訊《き》いてたっけ？」

ノックされて、返事をすれば、山口はドアを開ける。いつもなら。

「うわ、あえてそこを突っ込むのか」

「何が？」

「さっき城野が寮を出ていったから」

「結構前だろ？」

「晋平があられもない格好でベッドにひっくり返ってたら気まずいな、と」

「……」

山口が何を警戒していたのかやっと理解して、春菜は何となく、寮の中庭に面する窓を見遣《みや》った。窓は大きく開け放たれている。換気のために。

「言いたかないけどさ、晋平」

後ろ手にドアを閉めてから、山口がそう切り出す。

「バレバレだぞ、いい加減」

「……」

春菜はノートの上に突っ伏した。どうせろくに書き込みもされていないページだ。城野が帰った後も、相手の言葉や触れてくる感触や表情を反芻《はんすう》して、ろくに勉強が進まなかった。

「そ、そんな、大きな物音は、立ててないつもり、だけど」

今日は、城野のシャツを噛《か》んで、必死に声を我慢した。普通に話す声よりも小さかった――はずだ。多分。

「そりゃ騒音レベルだったら、さすがに乃木坂《のぎさか》が現場に踏み込むくらいのことするだろうけどさ」

春菜より一学年下の寮長は、相手が先輩であろうと、寮の風紀を乱せば遠慮なく脅しに、いや、叱《しか》りに来るだろう。乃木坂が動いていないということは、両隣や上下の部屋の寮生から、苦情が入っていることもないだろう。

そう判断したところで、春菜の狼狽《ろうばい》が消せるものではなかった。

「でもこう毎日毎日城野が来て、ドア閉めっきりで部屋に籠もってたら、嫌でも邪推せざるを得ないだろ。実際おまえらが何やってようが、たとえ単なる世間話をしてようが、周りは落ち着かないんだよ」

これまでも、城野は自宅生のくせに割合頻繁に寮を訪れていた。春菜の部屋に上がり込むのも、そう珍しくはない。

だが大抵は一階の娯楽室で、友人である乃木坂や同じ二年生の寮生と一緒に遊んでいたのだ。寮に来るなり一目散に春菜の部屋に飛び込んで、しばらく出てこないとなれば、まあ、そういう邪推をされても仕方ないということくらい、春菜にもわかる。

「それに部屋、鍵かからないんだぞ。俺や城野と仲いいやつは配慮してやれるけど、部屋を間違うバカもいるし、寮監は用があればずかずか入ってくるし、そっちの事故も心配しとけよ」

そこは春菜もいつも不安なところだった。

寮の個室は、内側からは施錠できない造りになっている。無人になる時は外から鍵をかけられるが、在室中は外からドアを開けられることを止められないのだ。

礼儀として部屋を訊ねる時にノックはするが、ノックと同時にドアを開ける寮生もいるし、管理人や寮監の教師は、たとえば飲酒喫煙賭博《とばく》の疑いがある時など、故意に前触れなく入ってくることもあるらしい。

(乃木坂たちは目を瞑《つむ》っててくれてるけど、万が一大人にバレた場合は、誤魔化しようがないだろうし……)

春菜と城野の逢瀬《おうせ》は、周りの協力というか、積極的な無視があってこそ成り立っている。

関わらないでいてくれるという方向の好意なので、つい忘れそうになってしまうが、そこに甘えっぱなしなのはいけないのかもしれない。

「せっかく晋平がこの世の春ってくらいに浮かれまくってるとこに水差すのは悪いかなと思ったけどさ。もうちょっとだけ考えろ、な？　別に止めはしないけど」

「う……わかった、ありがとう」

春菜の方に、何ひとつ反論の余地はない。

そして山口の言葉に、何だかひどく恥ずかしくなった。

「……やっぱ俺、浮かれてんのかな……」

「何を今さら」

山口の返事はにべもない。

城野と気持ちをたしかめあって、初めて体を繋《つな》げた日からしばらくあとは、城野が春菜の体を気遣ってくれて、彼がこの部屋に来てもただ話をしたり、まあちょっと抱き締められてキスをするとか、そのくらいのスキンシップですんでいた。

その初めてから一週間後に二度目があって、また日を置いて三度目をすませたあたりで、中間テスト前期間に突入した。城野の成績が本気で危うかったので、春菜は試験が終わるまで『そういうこと』は禁止、その代わり自分が責任を持って勉強を見る、と宣言して実行した。

そのテストが終わったのが一週間前。

これまで学校の定期考査など大して気にしていなかったのに、テスト最終日に教室を出た時の春菜は、今まで感じたことのないくらいの清々《すがすが》しさを感じていた。

これでやっと、城野とふたりきりで会える。

解放感に身を包まれて、春菜は試験期間の自分が随分と物足りない気分を味わっていたことに気づかされた。

だが春菜たちの学校は試験明けになぜか球技大会が始まるので、その三日間はさすがに疲れ切って城野はまっすぐ家に帰ったし、春菜も寮に戻って爆睡する日々だった。

テストの返却が始まり、通常授業に戻った……と思ったら、今度は城野の赤点補講が始まってしまった。

それが終わってから、来客の追い出される退寮時間の七時までは、そう間がない。

その数時間が春菜にとってはとても貴重で、だから何というか、うまく歯止めが効かない。

「おまえ、自分がどんだけつやっつやした顔してるか、わかってないだろ。見てるこっちが恥ずかしくなるくらいだぞ」

「つやっつや……」

「いつも血が足りなそうに肌真っ白だったのにものすごく血行よくなった感じ。目も何かうるうるして、前は伏し目がちに思索に耽る文学少年って感じだったのが、通常の一・五倍くらい瞳がでかい」

「どういう現象だ、それは」

「恋する乙女現象？」

男の自分に何を言ってんだこいつは、と思いながら春菜は身を起こし、眉《まゆ》を顰《しか》めて山口を見上げた。

「乙女ではないだろ」

「処女でもないよな」

山口はすこぶる品のない言い回しをして、春菜は耐えきれず赤面した。

「あーあ……本当にまあ可愛くなっちゃって……」

「山口にそういうこと言われるの、気持ち悪いんだけど……」

失敬な、と言い置いて、山口が春菜の部屋を出ていく。言いたいことを言ったのでもう用はない、という態度だった。

（……浮かれてる俺を見兼ねたのか）

という理由もあるだろう。春菜はまだ熱い頬を手の甲で擦《こす》ってから、大きく溜息《ためいき》をついた。

（浮かれてる場合じゃない、本当に、気をつけなくちゃ）

山口は以前にも春菜と城野に、寮の壁は薄いんだぞと言ってきたことがあった。

あの時は春菜たちをからかって遊ぶのがメインの目的だったようだが、今日のは、多分、正真正銘の忠告だ。

（あんまり長い間城野と部屋に籠もらないようにしよう）

そう決めたところで春菜のそわそわした気分は落ち着かず、参考書の中身が少しも頭に入ってこなかった。

◇◇◇

翌日も、補講を終えた城野は学校から学生寮にまっすぐやってきた。

（言わなきゃな……）

昨日も済《な》し崩しにベッドに行ってしまった。行為を最後までしたかどうかが問題ではない。そういうことがあるかもしれないと周囲が思ってしまうような状況がまずいのだ。

「城野、娯楽室、行かないか」

城野が部屋に入ってくると同時に、春菜はそう相手に訴えた。

「へ？　何で？」

言われた城野の方は、不思議そうな顔をしている。

「何か用事？」

城野が怪訝がるのも無理はない。これまで春菜が進んで娯楽室に行きたがることなどなかった。娯楽室にはテレビや大きなテーブルや本が置いてあって、文字通り寮生たちの娯楽のために用意されている。だから当然大勢の寮生が集まることになり、人の集まる場所が春菜は苦手だ。人自体が苦手というよりも、自分が入り込むことによりその場の空気が気まずくなるらしい、というのが申し訳なくて、避けるようにしている。

「ええと、あの、そうだ、テレビが見たくて」

漫画を読みたいとか、卓球をしたいとか、オセロをしたいとか、娯楽室にあるらしいものの中で、最も言い訳として成り立ちそうなアイテムを口にしてみると、城野がますます妙な顔になる。

「先輩、テレビ見るの？」

「……」

春菜は基本的にテレビを見ない。正しくは、見方がよくわからない。バラエティ番組は『出演者が今言った言葉はどういう意味か』と考えている間にめまぐるしく話題が変わってしまって追いつけない上、効果音や笑い声が耳障りで苦痛でもある。ドラマも、ちょっとしたこと、背景に映り込んだ小道具などが気になってそれについて思いを馳《は》せているうちに場面が変わっていて、それらを気にしないようにすれば『気にしないようにしよう』と気にし続けるため物語の本筋がうまく読み取れない。演出が割合静かな公共放送のニュースやドキュメンタリー、時代劇だけはそれなりに興味を持って見ることができるのだが、そういう番組は他の寮生から支持を得られず、チャンネルを合わせてもらえることがない。

――と以前何となく話したことを、城野は覚えていたようだ。

「あ、NHKのニュース見るならワンセグ映るよ、ほら」

城野が思いついたように、鞄の中から自分の携帯電話を取り出した。そういえば携帯でも見られるのだった、と思い出して項垂《うなだ》れつつ、春菜は力なく首を振った。

「いや……いい」

「そう？」

城野は携帯電話を元に戻し、椅子に座っている春菜の方に近づくと、身を屈《かが》めた。春菜が拒む隙もなく、頬に唇をつけてくる。

「ただいまのチュー」

「……バカ」

キスされて、つい照れて笑ったあと、春菜はハッとなった。

デレデレしている場合ではない。

「バカ、ってことはないでしょー。お返しは？」

城野が少し顔を逸らして、春菜の方に頬を向ける。

「う……」

だから、いちゃついている場合ではない。

そう思いはするのに、春菜は目の前にある城野の頬を見ていたら逆らえず、ぎゅっと目を瞑ると、そこに一瞬、唇を押しつけた。

途端、城野が「へへへ」と子供みたいな笑い声を零した。

「やった」

春菜にキスされた頬を押さえている城野は、どうしようもなく嬉しそうだ。そういう城野を見ていると、春菜はたまらない気分になる。

「はあ、先輩補給……」

それから城野は、座っている春菜を抱き締めてきた。また補講がきつかったらしい。春菜はその背中を宥《なだ》めるように叩いた。

「お疲れ様」

「期末のあともこれがあるのかと思うと、今からうんざりする」

「いや、今から諦《あきら》めるなよ。期末は赤取らないよう頑張れ」

「はーい」

素直に返事をする城野の腕に、少し力が籠もる。

まずい、と昨日に引き続き、春菜は焦った。

「城野、あの」

「ん？」

問い返しながらも、城野はもう春菜の首筋に唇をつけてくる。

春菜は精一杯首を逸らして、それから逃れた。

「……先輩？」

必死に体を押し返そうとしている春菜を見下ろして、城野が訝《いぶか》しげな顔になった。

「どこか、痛かった？」

「や、そういうわけじゃないんだけど……」

やっぱり娯楽室に行こう。それとも、喉《のど》が渇いたから外の自販機に？　消しゴムがなくなりそうだからコンビニに？　欲しい本を思い出したから駅前の書店まで？

城野を思い留《とど》まらせるための口実をいくつも頭に思い浮かべながら、春菜は結局そのどれも言葉にできない。

「先輩」

城野の指先に頬を撫でられる。それだけで身動きが取れなくなる。

「嫌？」

少しだけ不安に揺れる声。そんなふうに問われて、春菜が頷けるわけもない。

だが首を横に振ってしまうこともできず、仕方なしに目を伏せた。

（だって嫌じゃないんだ）

城野に触れられるのが嫌かと問われれば、違うという答えが出て来るだけだ。

嫌じゃないが、山口に言われたことが気にはなるのもたしかだった。さすがに連日、長時間部屋に籠もるのは、よくない。

（じゃあ、寮以外で、城野とふたりきりになれるとこ……）

そういうことをする場所、というのでパッと浮かんだのはホテルだが、高校生男子ふたりで入れる場所なのかわからないし、そこに出入りするところを人に見られれば部屋に籠もっていることなどと比べものにならないくらい致命的だろうし、そもそもそんな金が春菜にはない。

仕送りは全部書籍代に消えている状態で、城野も姉妹が多いために小遣いが厳しいと言っていた。学校では目的を届け出ない限りアルバイトが禁止されているが、まさかラブホテル代が必要なのでと申告するわけにはいかない。

では城野の家で、というのも不可能だ。城野の母親は専業主婦で、健康な祖父母と同居していると言っていた。上に姉二人、下に妹二人の女系家族で、男子の城野だけは個室を与えられているが、姉も妹も平気で部屋に入ってくるんだよということも。

（カラオケ……とか、漫画喫茶とか……？）

娯楽施設でカップルが不埒《ふらち》な行為に及ぶことも多いというが、たしか山口情報では、最近はどこも防犯カメラが設置されるようになったとか。

（……外？）

寮の周囲に公園が何ヵ所かあった気がする。

（いや、外はなあ）

ここも、夜になればベンチだの草叢《くさむら》だのに重なり蠢《うごめ》く人影があるらしいが、行為を覗いたり、邪魔をした上に乱暴したり金銭を巻き上げる者が出るので気をつけるように学校経由で警察から指導があった。

どうにか浮かんだのがそれくらいで、他の場所など、春菜の乏しい知識ではもう思いつかない。

「先輩」

真剣に考え込んでいた春菜は、呼ばれて我に返った。

慌てて伏せていた顔を上げると、怪訝というより、曇った表情の城野がじっと春菜を見ている。

「何、考えてるの？」

「え？」

何、と言われて、春菜は狼狽した。

城野と気兼ねなくエッチする場所について思案していたのだ、とは言えず、視線をうろつかせてしまう。

「いや、何でも……」

「何でもって顔じゃないよね」

城野の声が、いつもより少し低い。

「思ってることがあるなら、ちゃんと言って？　先輩が考えてること難しくて時々ついていけないけど、俺だって一緒に考えるから」

たしかにとても難しい問題だ。そして考え込んでいるうちに、結局またふたりきりで部屋に籠もっているという状態が長く続いてしまったことに、春菜は気づいた。

「城野、やっぱり、外に行かないか？」

とにかく今のままではまずい。そう思って春菜は椅子から腰を浮かそうとしかけたが、叶わなかった。

城野に両肩を押さえられたせいだ。

「城野？」

相手の行動が不可解で、どうしたのかと問いかける春菜の唇に、少し荒っぽく唇が重ねられた。春菜は驚いて、咄嗟に身を引こうとするが、やはり肩を押さえられていて動けない。城野の指が、痛いくらい体に食い込んできた。

「んっ、ん……」

痛みが辛くて、春菜は城野の腕に手をかけて、外させようとした。だが城野は頑なに春菜から手を離さない。いつもよりずっと乱暴な動きで、春菜の口中を蹂躙《じゅうりん》するばかりだ。

「……ん、う」

春菜は困惑しながら、苦しい呻《うめ》き声を漏らすことしかできない。舌を吸われ、唇を噛まれて体をびくつかせ、城野のキスに我を忘れそうになるたびに、（まずい、止めなくちゃ）と思い出しては身じろぐが、どうも力が抜けてしまって、うまく逃げられない。

「……は……」

長いこと貪《むさぼ》るように接吻《くちづ》けられて、やっと解放された春菜は、ぐったりと椅子の背もたれに体を預けた。

「――逃げないで、って」

途中からはもう止めることなど思いつかず、今は半ば酩酊《めいてい》状態でぼんやりしている春菜に、押し殺した城野の声が届いた。

「え……」

「前も言ったよね、逃げないでよ。誤魔化すのもやめて」

城野が何をそんなに思い詰めた顔をしているのか、春菜にはよくわからずに、ぼうっと相手を見上げる。息苦しさと気持ちよさのせいで両目が潤んでしまって、視界がぼやけてしまう。

「先輩が、俺とするのに抵抗あるって、何となく気づいてたけど……でも嫌なら嫌ってはっきり言ってくれないと、俺は期待しちゃうから」

ずっと強く摑《つか》まれていた肩の痛みが、少し消えた。城野が指の力を抜いてくれたようだが、春菜はほっとすることができなかった。

「嫌じゃないって」

そこは誤解されたくない。嫌じゃないから困っているのだ。

「本当?」

問われて、頷く。

「……うん」

「じゃあ、しよ」

ぐっと、春菜は返事に詰まる。

嫌じゃないし、したい。

逃げないで、と前にも言われたことを、たしかに春菜も思い出した。まだ城野の気持ちを理解する前、自分ばかりが相手を好きで、城野には他に好きな人がいると誤解していた頃、顔を合わせるのが辛くて逃げた。

(そのせいで城野を怒らせて、悲しませてしまった)

春菜は世界中で一番城野が好きだ。

家族や山口も自分にとっては特別な存在だと思うが、城野は春菜の中での居場所が違う。

家族は、晋平の好きなことを好きなようにやりなさい、絶対に自分たちだけはあなたの味方だからと、繰り返し伝えてくれた。

山口もまあ、春菜が何をやったところで、おもしろがって見守るか、囃《はや》し立てるだけだ。

(だったら、城野がそうしたいって思うことを、俺だって一番にやりたい)

もともと、誰に何を思われたって構わなかったはずだ。ずっと周囲に馴染《なじ》まないまま来て、浮き上がった存在で、それにも気づけないくらい春菜は他人だの世間の目だのというものを気にしていなかった。

周りに城野とつき合っていることがバレて、もし白い目で見られたとしても、問題にすることはない。

忠告してくれた山口や、協力してくれているであろう乃木坂たちには悪いかもしれないが、でもそれより、春菜には、城野が大事だから。

「……わかった」

頷いて、春菜は今度こそ椅子から立ち上がった。自分から進んでベッドに近づき、そこに座り直す。

見遣ると、城野は何だか少し困ったような顔で、春菜を見ている。

春菜は首を傾げて、両手を城野の方に伸ばした。おいで、というつもりの仕種に、城野はやはり困ったような顔で頷いて、近づいてくる。

身を屈める城野に、春菜は自分から腕を回して抱きついた。またキスされる。促される前に、自分から唇を開いて舌を差し出した。

でもせめて、やっぱり、声はできる限り抑えないと。鍵の掛からないドアをちらりと横目で見遣りながら、春菜は城野にそっと肩を押されるままベッドに横たわった。いつも城野にそうされると緊張するが、今日は何だかそれ以上に気が張ってしまう。目を閉じても、山口に言われた言葉と、困った城野の顔が頭の中でぐるぐるする。

(周りの寮生がどう思ってたって、直接見られなければいい)

向こうが言及しないでいてくれるなら、こっちも知らん顔していればいいのだ。

万が一誰かに踏み込まれたら——ふざけていただけだとか言い張る。『寮生同士の不適切な関係』の不適切という言葉は曖昧だから、どうやっても論破する。城野は寮生じゃない、という部分でひたすら防御に回る。

考え込む春菜から、城野の手によって、部屋着のボタンが外されていく。

(着替えの途中に足がもつれて転んだとか)

首筋に唇をつけられ、くすぐったさに身を捩《よじ》る。だがすぐに、逃げたと思われたら困るからと、体に力を入れて動かないよう必死になった。

(ちょっとでもドアが動いたら、城野をベッドから蹴《け》り落として喧嘩《けんか》をしていたところだと言い張るのもありだろうか。でも城野を蹴ったりなんて自分にできるだろうか、と悩んでいるうち、ジーンズのボタンも外され、下着ごと脱がされかけた。

が、そこで、城野の手が止まる。

「……あれ？」

城野の呟《つぶや》きを聞いて、春菜は瞑りっぱなしだった目を開いた。

「……」

城野は中途半端に衣服を脱がされた春菜の下肢、股間《こかん》のあたりをじっと見下ろしている。何をそんなにみつめているのかと焦ってから、春菜は異変に気づいた。

いや、異変がないことに気づいた。

「あれ？」

いつもなら、城野と深いキスをするだけで、体が震えて、熱くなって、その場所も少しずつ反応を始めるのに。

今は、ノーリアクションだ。

(か、考えごと、しすぎた)

城野に触れられてもあまり反応してはいけないと、自分に言い聞かせすぎたせいなのか。

「あのさ、気分、乗らないなら」

遠慮がちに城野が言う。春菜はますます慌てた。ぶんぶん首を振る。

「続けてくれ」

これでは、まるで、城野を拒んでいるみたいだ。

せっかく誰よりも城野を優先しようと決めたはずなのに、意味がない。

「でも……」

「いいから」

春菜はためらう態度を見せる城野の手を取った。ぎょっとしたように目を見開く相手の顔を見ないように、その手を自分の股間へと導く。

「……」

そっと、萎《しお》れたままの茎を掴まれた。春菜はきつく奥歯を噛み締める。いつもみたいに声を漏らしてしまわないように。

――だが、その心配はいらなかった。

城野がどんなに丁寧に茎を擦っても、優しく揉《も》んでみても、春菜のその場所は一切反応を示さなかったのだ。

(何で)

春菜は混乱した。ちゃんとしなくちゃと思っているのに、思うほど、体は熱くなるどころか冷えていく感じがする。

「――やっぱ、やめよ、今日は」

城野がとうとう春菜から手を離してしまった。まったく力を得なかったその部分は、城野の支えを失ってしんなりと蹲《うずくま》っている。むしろ、いつもより縮こまっているようにすら見えた。

「じゃあ、あの、俺」

城野が春菜から体も離そうとしている。春菜は慌てて起き上がり、城野の腕を摑んだ。

「俺が……手とか、ええと、城野がするみたいに……く、口でとか、するし」

これまで春菜は城野から一方的に快楽を与えてもらうばかりで、自発的に動いたことは一度もなかった。城野も、楽しそうに春菜の体を弄《いじ》るだけで、何かをしてほしいとねだったことはない。

猥談《わいだん》だの、性的な談義を人とした経験がこれまでなかった春菜には、何をどうするかと具体的に言おうとするだけでかなりハードルが高かったが、頑張った。たまには自分の方から積極的に城野に触れたっていいはずだ。そう思って春菜が見上げた先で、城野はきつく眉を顰めている。

どうして城野がそんな顔をしているのかがわからず、春菜はますます焦燥した。

「それに、俺は何て言うかその、される、方だし、別にた……たなくても、俺の方は」

「……」

言えば言うほど、春菜の表情が曇っていく。

「それ、本気で言ってる？」

そして、表情と同じくらいひどく強張った声で訊ねてくる。

春菜の方は、勿論《もちろん》本気だ。城野のためなら何だってできるし、したいと思う。やり方がよくわからないので教わらなくてはとは思うが。

だから頷いた途端、城野が深く深く、そのまま床にのめり込んでしまうのではないだろうかと怖くなるくらいに深く肩を落として、溜息をついた。

「そりゃ……俺は、先輩とエッチしたいけどさ」

城野はやけに落ち込んだ様子だ。

「でも、それだけが目的じゃないっていうか……俺だけが気持ちよくなっても意味ないんだけど……」

ベッドに座り直した城野は、春菜に背を向けている。春菜はまだどうしたらいいのか思いつかないまま、ただおろおろとその背中を見た。

「……ごめん。俺が強引過ぎたんだよな。先輩と両想いになったのも、先輩とエッチできるのも嬉しくて、先輩すごい可愛いし、やらしいし、いっつも歯止め効かなくて……けど本当、先輩が嫌って言ってくれたら、止めるつもりだったよ。それだけは信じて」

「違う、城野、俺は本当に嫌じゃなかったし」

「無理しないで。俺、ちゃんと我慢できるよ」

振り返った城野は笑っていたが、春菜は少しも安堵《あんど》できなかった。

「今日は、ここまでにしよ。外行きたいんだよね？　引き留めてごめん、俺もう、帰るから」

そう言って、城野がベッドから下りてしまう。春菜は自分も起き上がろうと試みるが、中途半端に脱がされた下着やジーンズにそれを阻《はば》まれる。

「城野、ちょっと待って」

「またね、先輩」

春菜がちゃんとズボンを穿《は》き終えた頃には、城野が部屋から出ていったあとだった。

城野を追って立ち上がった春菜は、そのままぽすんとベッドに座り直した。

（……エッチできなかったら、帰っちゃうんだ、城野）

いつもなら、帰らなくてはならない時間のギリギリまで居座って、触れ合って、部屋を出る時には名残惜しそうに抱き締めて、キスしてくるのに。

（城野も、俺が他の人みたいにちゃんとできないから、嫌になったのかな）

　これまでも周囲の人たちを困らせたり、苛立《いらだ》たせたりし続けてきた人生だ。それが申し訳ないとか、寂しいと思うことはあったが、どうしても改善できなかった。それで仕方なく、この学校に、寮に、逃げてきた。

　だからきっと、自分はまた間違ってしまったのだろう。

（でも……）

うまくいかないからといって、城野から逃げるわけにはいかない。逃げたくない。

逃げられるのも嫌だ。

（だったら、ちゃんと、考えろ）

俺は人の気持ちがわからないから、とか、言ってる場合じゃない。

どうやったら城野と今までどおりつき合っていけるのか、きっと今、自分は死に物狂いで考えるべき局面なのだ。

　春菜はじんわりと浮かんできた生温かい涙を手の甲でごしごし擦って、とりあえず一人作戦会議をしようと、学習机に向かった。

2

夜も朝もメールが来なかったのでものすごく不安だったが、翌日の昼休みになると、城野《しろの》が学食で待っていた。

入口の脇で壁に寄りかかっていた城野が、春菜《はるな》の姿をみつけると、笑って小さく手を振ってくる。

春菜は少しほっとして、頷《うなず》きを返した。

学食に入ってセルフサービスで支度をすませ、空いている席に向かい合って定食を食べる間、城野はいつもと同じ調子で明るく、楽しそうに、今日起きたできごとなどを春菜に聞かせてくれた。

本当にいつもどおりだったので、春菜はまた少し安堵《あんど》する。

「先輩、図書室行く？」

食事を終える頃、城野が訊《たず》ねてきたのもいつもどおりだ。昼休みか放課後のどちらかに、春菜は必ず図書室に足を向ける。どちらになるかは、借りていた本を読み終えるタイミングで決まった。今日はまだ読み途中だ。というよりほとんど読めていない。

「いや、放課後にする」

「そっか。じゃあ外で何か飲も」

誘われて、春菜は城野と一緒に学食を出た。混み合っている学食近くの自販機は避けて、人の少ない中庭の方へと移動する。

「先輩の分、俺が奢《おご》っていい？」

自販機の前で問われて、少しだけ迷ってから、春菜は頷いた。以前城野に飲み物を奢ると言われた時は、そうされる理由がないと断った。まだ城野とつき合い始める前。

じゃあ今はあるのかといえば、本当はよくわからなかった。恋人同士は男が飲食代を持つのが常識、という意見と、割り勘が理想、という意見と、知っているものはさまざまだ。春菜は女性じゃないし、そうだとしてもなぜ男の方が奢るべきなのか納得はいっていなかった。

ただ、よくわからないけど、城野がそうしたいのなら受け入れたいと思った。

「抹茶オレ？」

「うん」

「じゃ、俺も抹茶オレにしよ」

早口言葉のようなことを言って、一人で笑いながら、城野が二人分の飲み物を買った。ひとつ手渡され、礼を言いながら春菜はそれを受け取る。

「俺ね、考えたんだけど……」

中庭には特にベンチなどの気の利いたものもなく、自販機のそばで二人して突っ立って抹茶オレを飲む最中に、城野が言った。春菜は少し緊張する。自分を要らない、と言われたらどうしようと、一瞬にして怖くなった。

(城野が、性行為の相手ができない俺は不必要だって言うのならもう一度チャンスが欲しいと頼み込むつもりだった。昨日一晩考えて、結局そんなつまらない対策しか思いつかなかった。

「しばらくさ、エッチとか抜きで、つき合お」

「——え」

だが城野の口から出てきたのは、春菜の予想に反した言葉だった。

「本当に、昨日はあれからも、すごく反省した。先輩の体とか……気持ち的な負担とかも、全然考えてなくて、彼氏として失格だったなって。辛《つら》い思いさせて、ごめんなさい」

城野は、至極真面目《まじめ》な顔をしている。

「先輩に嫌な気持ち味わわせるのも、嫌われるのも、絶対駄目だから。先輩が大丈夫になるまで、我慢するね」

「我慢……」

「あっ、いや、恩着せがましくっていうか押しつけがましく言ってるわけじゃないから。ゆっくり待つ。俺は先輩と一緒にいれたり、先輩とメールしたりできるだけで、すっごいすっごい幸せだし」

そう言って笑ってから、城野がふと、彼にしてはとても珍しく気弱な表情で目を伏せた。悪戯《いたずら》したあとに叱《しか》られた犬のようだった。

「……もう、何もしないから。だから先輩、俺のこと嫌いにならないでね」

「ならない」

なるわけがない、と思って、春菜は即座に答えた。

「そっか」

ほっとしたように、城野がもう一度笑った。

でもそれもどこか、しゅんとした、寂しそうな笑顔だった。

◇◇◇

城野は寮に遊びに来なくなった。

赤点補講は続いていて、それが終わるまでの間、春菜は図書室で本を読んで過ごすことにした。補講を終えた城野が図書室まで春菜を迎えに来て、寮までの道のりを一緒に帰る。時間にして十分。ゆっくり歩いても十五分。

その間、宣言どおり、城野は一切春菜に手を出さなかった。キスもしない。抱き締めることもなく、手も繋《つな》がない。

やがて城野の補講が終了しても、ただ並んで下校するだけの日々が続いた。

せめてもう少し恋人らしく、お茶を飲んだり、映画に行ったりと放課後のデートをするべきなんじゃないかとは思ったが、春菜にはどうしても金銭的な余裕がなかった。次の仕送り日が来たら、本を買うのは我慢して、城野とのデートに使おう。そう決意するが、その仕送り日まではまだ半月近くある。

書店や市立図書館に寄るだけなら金を使わずにすむとはいえ、城野はきっと楽しくないだろう。

（これ以上城野に我慢させるの、嫌だし……）

行ける本屋を片っ端から回って、二人きりで一緒にいようと言ったのは、城野だったはずだ。実際、つき合い始めて最初の週末はそうした。

でも今は、そうしたいと自分から言い出すことが春菜にはできない。

しばらく何もせずにつき合おうと城野に言われてから一週間以上が経った今日も、本当に何ごともなく寮まで辿《たど》り着いてしまった。

「城野、やっぱり、寄っていかないのか?」

昼休みは一緒に食事をしている。メールもする。でも春菜は、それだけでは物足りなかった。

「うーん」

訊ねた春菜に、城野は苦笑いを返すばかりだった。

「ごめん、無理」

「……そっか」

「メールします。またね」

そう言って手を振る城野に、春菜も手を振り返してから、とぼとぼ寮の建物に入っていく。

「あ、春菜先輩、おかえりなさい」

玄関から階段に向かおうと廊下を歩いていた時、娯楽室の中から出てきた乃木坂《のぎざか》寮長と行き合った。

「ただいま」

山口《やまぐち》以外で春菜に積極的に声をかけてくるのは、この寮内で乃木坂くらいだ。声をかけてくるといっても挨拶《あいさつ》程度だったが、他の寮生たちは基本的に春菜をそっとしておくために、すれ違っても会釈《えしやく》するくらいなので、やはり稀有《けう》な存在だ。多分寮長としての責任感なのだろう。

乃木坂は春菜だけではなく、他の寮生にもまんべんなく声を出して挨拶する。

「先輩、桃いりませんか」

と思ったら、用事もあったようだ。

「桃？」

「寮生のご家族からの差し入れです。大量にもらったんだけど、ほぼ完熟だから今日中に食べちゃわないと腐りそうで」

娯楽室の中では、おそらく同じように乃木坂から声をかけられたらしい寮生たちが、それぞれ桃にかぶりついている。テーブルには山のように切り分けた桃が載せられていた。

人が大勢いるところに行くことはあまり気が進まなかったが、桃は好物だし、それに乃木坂が困っているようだったので、春菜は頷いた。乃木坂には借りがある。

「じゃあ、少しもらう」

「どうぞどうぞ」

乃木坂に手招かれ、春菜は滅多に入ったことのない娯楽室に足を踏み入れた。

部屋の中はほぼ満員だ。座るところもなさそうなので、立ったまま桃を摘《つ》まもうかと春菜がテーブルに近づいたところで、別の寮生に声をかけられた。

「春菜、ここ空いてるぞ」

ソファの端を指しているのは、同じ三年生の寮生だ。顔にはうっすら見覚えがあるが、名前は覚えていない。相手の方は春菜の顔も名前も把握しているようだ。

春菜は礼を言って、少しだけ空いているソファの端に腰掛けた。

「あれ、春菜先輩、珍しいですね」

近くの椅子《いす》に座っていた寮生にも声をかけられる。先輩、と言っているので二年生か一年生だろう。顔にも名前にもまったく心当たりがない。

(本当に俺、人の顔と名前覚えるの苦手だな……)

なかなか個体識別ができないのは問題だと思う。たとえば町ですれ違った時、相手がクラスメイトなのに挨拶されても気づかず、のちのち「春菜にシカトされた!」と教室で締め上げられたのも悲しい思い出だ。

「はい、こっちの皿の、すっげぇ熟れてるっすよ」

さらに別の寮生に、山になった桃の皿を手渡される。今度は顔に覚えがあった。城野や乃木坂と仲のいい生徒で、一緒にいるところをたまにみかける。春菜は会釈して皿を受け取った。

「ありがとう、ええと……」

「滝《たき》ノ沢《さわ》ゴールドっす」

「……変わった名前だな?」

「いや、結構メジャーな品種じゃなかったかな」

名前を聞いたつもりだったが、相手は桃の品種を教えてくれたらしい。今さら改めて聞くのも悪くて、春菜は頷きながら桃を口に運んだ。

「城野もいればよかったのになあ、あいつ桃好きだし」

何気なく相手が口にしたその名前に、春菜は胸が締めつけられたような心地になる。

（さっきまで一緒にいたのに。桃があるって先にわかったら、寮に来てくれたかな……）

そんなことを考えていたら、無性に寂しくて、自分だって好物なのに、春菜には桃の味がよくわからなくなってしまった。

「つか城野、大分バテてるみたいっすわ。赤点補講そんな厳しいのかな」

「あー、だってあいつ留年の危機だったろ、五年ぶりの留年者を出すまいという先生たちの涙ぐましい努力が」

「せっかく春菜先輩に勉強教わってたのにな」

「いやあ、あいつ中等部の最後のテスト全教科赤点だぞ、それに比べたら滅茶苦茶奇蹟《きせき》レベルだろ」

春菜の周りでは、おそらく二年生の寮生たちが、口々に城野のことを話している。

（やっぱり、みんなに好かれてるんだな）

城野の周りには自然と人が集まる。寮生である春菜よりも、自宅生である城野の方が寮内で顔が広いのだ。彼らも城野が寮に寄らなくなったことや、春菜が独り占めしていることを、寂しく思っているだろうか。

などということを考えながら食べた桃は、やっぱり味がわからなかった。

「だよな、赤点回避した教科の先生、教官室でこっそりガチ泣きしてたらしいぜ」

「オレも春菜先輩に勉強教わったら成績上がるかなー……とか言ってみたりー……」

「あっ、いいねいいね、勉強会とかさ。ここで、城野がやってたやつ。前は乃木坂が教えてたけど、今度は春菜先輩に教えてもらうとか」

そうか、やっぱり城野を独り占めしていたのはよくないんだな、みんな城野と勉強したかったんだな、と思いながら、春菜はちらちらと自分を見ながら話をしている寮生たちに向けて首を振った。

「いや、勉強教えるの下手だから、俺」

「あー、そっか、そっすよね、あんま一杯教えるのとか大変っすよね」

「そうだよバカ、図々しいこと言って、先輩困ってんだろ」

途端、賑《にぎ》やかだった寮生たちの空気が微妙に沈む。

(……またやってしまった)

せっかく城野の話で盛り上がっていたのに、水を差してしまったようだ。

「……ごめん。部屋戻るな、桃、誰のかわかんないけどごちそうさま」

春菜は居たたまれない気分になって、寮生たちのそばから離れた。

娯楽室をあとにして、とぼとぼと階段を昇って自室に向かう。ベッドに荷物を置いたところで、春菜は制服から部屋着には着替えず、すぐに部屋を出た。

向かったのは、同じ階の別の個室。ドアを叩《たた》くと、「へーい」といい加減な返事があった。

整理

「誰ー？」

「春菜だけど」

「マジかよ」

意外そうな声が小さく聞こえたあと、すぐに中からドアが開いた。山口が、言葉どおり意外そうな表情で、廊下に立つ春菜を見下ろした。

「すげぇ、晋平《しんぺい》から訪ねてくるのなんて、初めてだな」

山口が驚く理由は春菜にもわかる。たしかに春菜は、自分から進んで誰かの部屋のドアを叩いたことなどこれまでなかった。山口の部屋に遊びに来たことは何度もあるが、すべて山口の方から声をかけた時だ。

「今、いいか？」

「どうぞどうぞ。散らかってますが」

たしかに山口の部屋は片づいてはいなかったが、春菜の部屋と似たり寄ったりだ。要するに本があちこちに積まれている。山口の方が読むジャンルが多い分、判型や装丁にばらつきがあって、さらに雑然とした印象だった。

春菜は特に断りなく、山口の部屋に来た時はいつもそうするように、ベッドに腰を下ろした。枕元にも本が積んであるので、弾みで倒さないようそっと座る。山口は学習机の前の椅子に座って、脚を組みながら春菜に視線を向けてきた。

「城野だろ?」

ここに来た原因についてすぐに言い当てた山口に、春菜は驚かなかった。山口は聡《さと》い。いつも春菜の考えていることの一手先、二手先を読んで見透かすようなことを言う。

「うん。何でわかった?」

それでも春菜が一応訊ねてみると、「何でって」と笑いが返ってくる。

「晋平がわざわざ部屋まで来て俺に聞きたいことがあるっていうなら、城野のこと以外にありえないっての」

「そうか」

話したいことではなく、聞きたいこと、という言い方をしたのも、正解だ。

寮生たちから城野の話を聞いて、城野のことを考えたら、もう居ても立ってもいられなくなってしまった。

みんなに好かれている城野を独り占めしてしまっているのは、本当に申し訳ないと思う。

でも、どうしても、どうにかして元のように戻りたい。城野とくっついて、バカみたいにいちゃいちゃできるような、そんな関係に戻りたい。

だから山口に聞きたいことを思いついたのだ。

「俺も晋平に話あったから、ちょうどいいわ」

「え、何?」

「ちゃんと、城野とは二人きりにならないようにしたぞ？」

以前山口から言われたことを思い出し、春菜は先回りして弁解した。もうそれをやめるつもりでここに来たのだが、とりあえず山口の出方を見ようと、そこで言葉を切る。

すると山口は、どうしてか弱ったように髪を掻《か》き上げて、溜息《ためいき》をついた。

「それだよ」

「何だよ」

「ちょっと読み違えたんだろうなと思って、俺が。ほどほどにしろよと軽く釘《くぎ》を刺したつもりだったんだけど、こんなに深く刺さるとは」

山口の言いたいことがいまいちよくわからず、春菜は眉《まゆ》を顰《しか》めた。

「何も一切部屋に連れ込むなって話じゃなかったんだよ。毎日だと『単に仲のいい先輩後輩』とか『頭のいい春菜にアホの城野が勉強を教わってるだけ』とか、周りに言い訳が利かなくなるから、休肝日的なものをほどよく取り入れろってつもりで」

「何日かにいっぺんってことか？」

「そうそう。でもそこまで細かく俺が口出しするようなもんでもないだろうから、示唆《しさ》だけしたつもりだったんだけど、まさか十日近くも城野が来なくなるとはなあ」

もう一度、山口が溜息をついた。

「城野のこと、俺も」

「本来は口出し自体したくなかったから、中途半端な言い方になったのが悪かったんだよな。悪い」

山口が謝るもので、春菜はぎょっとした。何しろ山口は性格が悪いから、より悪意を引き立たせる理由以外で彼が謝罪したところなど、見た覚えがなかったのだ。

――ということを率直に春菜が口にすると、山口がこれも彼にしては珍しく、苦笑いの表情になった。

「いくら性格の悪い俺だって、親友にようやく芽生え始めた人間らしい情緒をまっすぐ育《はぐく》む邪魔はしちゃいけないっていう思い遣《や》りくらいは持ってる」

「俺相手には山口が悪意持ってないのは知ってるけど。性格悪いのは別として」

「と友情を認め合ったところで、晋平は気づいてなかっただろうし気づかなくても別によかったことを言うけどな。おまえら、寮内どころか学校内でも滅茶苦茶噂《うわさ》になってる」

「……俺と城野？　え、学校でも？」

「そう。おまえは自覚ないだろうから教えてやるけど、春菜晋平っていうのは有名人なんだよ。数少ない編入生で、アホみたいに頭がよくて、見た目もよくって、周りと馴《な》れ合わない孤高の人。唯一仲がいいのはやっぱりとっても頭がよくて、二枚目で、性格が悪いと有名な俺だ。人目を惹かないわけがない」

そういえば、城野と知り合った時にも、同じようなことを言われた気がする。春菜先輩は有名ですよ、と。

「浮いてるってことだろ、要するに」

「そうそう。で、城野由司《ゆうじ》も同じくらい有名人だ。向こうは中等部から煌了館《こうりょうかん》で、犬のように懐っこいからやたら顔が広いし、変わりもんだと敬遠されがちな俺らとは違って、純粋に人気者だ。そういうおまえと城野が親密だって話題が出たら、周りはおもしろがるんだよ。男子校だしな。城野が去年から晋平にまとわりついては素気なくあしらわれてる、っていうのも、噂になってたし」

「へー……」

人の噂、というものに疎い春菜には、曖昧《あいまい》に相槌《あいづち》を打つ以外の反応を思いつけなかった。

「乃木坂と城野が仲いいから、寮内ではそこそこおまえらの話題は抑制されてんだけどな。妙に騒いで乃木坂寮長に睨《にら》まれたら、ここで過ごし辛《づら》くなるだろ。ただ、学校内まではいくら乃木坂ったって、止められないから」

「そんなにおもしろいもんか？　俺と城野が、ええと……仲よくしてるって話」

「おもしろがってるうちはいいんだって。男子校で、誰と誰がデキてるなんて噂話は、いくらでも転がってるから、みんな話半分に聞く。ただ、晋平や城野に反感持ってる奴が広めるのは、流言飛語《りゅうげんひご》じゃなくて中傷だから」

「反感……中傷……」

知らないうちに嫌われる、という経験が、情けないことに春菜はこれまで結構あった。

　この学校に編入したのも、中学時代にそうやってクラスで浮き続けてきたのが原因だ。

「俺が気に食わないから、噂を広めて、痛めつけようってことか？」

「それもある。あるいは、今まで誰とも馴れ合わなかったはずの晋平が、城野と仲よくしてるのが気に食わないから」

「なんで？」

「晋平が誰にも興味を示さなかったのは、単に人に興味がないせいだって思ってたのに、明るくて人懐っこい人気者に対しては心を開いてるってなったら、じゃあ凡人には見向きもしないのかよって苛《いら》つく類《たぐい》の人間もいるんだよ。あとは、それこそ人気者の城野が、頭いいことを鼻に掛けて他人を見下《みくだ》してる春菜とかいう先輩に独り占めされてるのが気に食わない、とか」

「……」

　そういう心理にまったく共感できない春菜は、ただ眉を顰めるしかない。春菜自身は頭がいいことを鼻に掛けているつもりはなかったが、そう見られることもあると、やはり経験上知っている。

「晋平は周りから変な目で見られても気にしないって言ってたけどさ。色眼鏡で見て陰でヒソヒソするってだけじゃなくて、もっと積極的に悪意をぶつけてくる人間ってのは存在するわけ」

「……何だか、難しいな……」

「ま、晋平にはな。で、悪意を持った人間が、たとえば『城野が春菜の部屋に入り浸って連日いかがわしいことをしてるせいで、寮生が迷惑してる』とかって話を寮外にまで広めたら、乃木坂だって建前上おまえらに注意しなくちゃいけなくなる。『たとえ事実無根の噂であったとしても、不適切な関係だと誤解されるような行動を取らないように』ってな。俺はそこに至る前に止めたかったの。外野が城野に寮への出入り制限を設けたりする前にさ」

山口がそう言うということは、おそらく、そこに至りそうな動きが実際見え隠れしていたのかもしれない。

「だから、もうちょっと考えろって言いに来たのか」

「そう。せめて一日置きとか、三日にいっぺん程度にしつつ、それ以外の時は娯楽室にでもちょっと顔出しときゃ、別に晋平の部屋にばっか入り浸ってるわけじゃないって言い訳が立つし。——でもさっきも言ったけど、まさかまるっきり城野を来させないようにするとは予想外だった」

「……。……来させないようにする、っていうか……」

「その辺の機微は城野の方がはるかに呑み込みがいいだろうと思って、あいつにも言ってはみたんだけどな。逆効果だったみたいだ。城野は俺のこと警戒してるから」

「意地の悪いことを言われるって？」

「いや、俺が晋平に惚《ほ》れてるって」

「……」

しばらく考え込んだあと、春菜はひどく憂鬱《ゆううつ》な気分になった。まったく楽しくない想像だった。

「ないだろ、それは」

塞《ふさ》ぎ込みながら言った春菜に、山口が深々と頷く。

「ない。一分《いちぶ》の隙もない。でも俺が本当に心底おもしろがって城野に思わせぶりなこと言いまくって遊んでたから、まあそのせいで城野が余計晋平のところ入り浸ってたんだろうなーって。周りにバレるのも覚悟でっていうか、むしろ牽制《けんせい》のために見せつけようとして」

「……」

春菜はさらに考え込んだ。

「……！」

あれこれ考えた挙句《あげく》、出てきた答えに、生まれて初めてといっていい勢いで激怒した。

ベッドに転がっていた枕をひっつかむと、立ち上がり、山口の前まで進みでて、その枕で相手の頭をぶん殴る。

「お……おまえが元凶じゃないか！」

「悪い悪い」

何度も枕で殴られながら、山口の声はあまり悪怯《わるび》れて聞こえない。というより、笑っている。

春菜はさらに腹が立った。

「何かすごくもっともらしいこと言ってるから真面目に聞いてたけど、そもそも山口が城野に余計なこと言ったからってことだろ！」

思い出してみれば、少し不自然ではあったのだ。

以前、やはり山口から行為を自重しろと忠告を受けた時、城野は春菜に迷惑をかけたくないからと、それに同意した。

なのにテストが終わってからは、周りの目など気にしないという様子で春菜の部屋にやってきて、入り浸っていた。

春菜がそれに困っていたことに、いつもの城野なら気づいただろう。たしかにあんまり二人きりになっていたらまずいから、ちょっと外でアリバイ作りをしようかとか、彼の方から言い出したって不思議はなかったのに。

思い返してみれば、城野には妙に余裕がなかった気がする。

春菜自身も城野とのつき合いで容量が一杯になっていたので、その時は気づかなかったが。

「また持って回った言い方で、わざと誤解招くようにして、おもしろがってたのか！」

「意図的にはやってなかったって、おまえらがくっついて以降は。なるべく好意的に、真心を持って忠告したんだけど、まあ俺が真面目に喋《しゃべ》れば喋るほど城野は頑なになっちゃったから、やばいなーとは思ってたわ」

「……日頃の行いのせいじゃないか、山口の……」

「いや、俺がどうこうってだけじゃなくて、さっき説明したこともそれなりに真実なんだって。晋平に好意持ってるっていうか憧れて、仲よくなりたがってる奴は結構いるんだよ、おまえが知らないだけで」

「知るか、そんなこと！」

もう一度強く殴りつけると、山口の眼鏡が吹っ飛んだ。そこでさすがにやり過ぎかと思い至り、春菜は枕を振り上げる手を止めた。

笑ったまま、山口は床に落ちた眼鏡を拾って、かけ直している。

「知るか、って気分もわかるけど、まあ頭には入れとけ。おまえが城野とつるむようになったことで、孤高の春菜先輩も案外庶民的だったんだなって、好意的に見る人間も増えてる。城野が懐くくらいなんだからいい奴なんだろうって判断する奴がいるんだ」

それは何となく、春菜にもわかる気がした。さっきの娯楽室がいい例だ。名前も知らない寮生たちに声をかけられたのは、春菜が城野と親しくしているせいだからに違いない。今まではあんなことはなかった。

「だから思うに、城野は俺だけじゃなくて、他のやつらに対しても警戒してるんだよ」

「……何を？」

「自分以外にも晋平《しんぺい》を狙《ねら》ってる奴がいるんじゃないか、って」

春菜は思いきり、顔を顰めた。

「それは考えすぎというか、あり得ないというか」

「どうかねー。まあ事実はどうあれ、城野がそう思い込んでるってことが一番重要な部分だろ。城野にとっては、自分がベタ惚《ぼ》れになってる相手を、他のやつが狙わないわけがないってくらい思い詰めてるかもしれないし」

「……うーん……」

「城野は爽《さわ》やか好青年みたいなツラして、あれで滅茶苦茶嫉妬《しっと》深いぞ。晋平追いかけ回してる時の態度、ストーカーすれすれだったぞ？」

そこまでじゃないだろう――と反論しかけてから、春菜はふと思い出した。

春菜が城野に好きな女の子がいると勘違いして、相手を避けていた時、彼は来客の退寮時間が過ぎていたのに忍び込んできた。向こうは向こうで春菜が山口を好きなのだと勘違いして、問い詰めるために。

それに、昼休みに図書室へと通う春菜を待ち伏せしていたとも言っていた。学年が違うのに、学校内でやけにすれ違うなとも思っていた。

「これまでも、春菜先輩は絶対他のヤツに渡さない！　ていう確固たる意志をもっておまえにつきまとってたから。ついでに言っとくけど、城野は勉強は駄目だし短絡的でもあるけど、基本頭悪くないからな。学科以外の智慧《ちえ》は晋平よりはるかに回るし、勘もいい。人の感情とか場の空気を読むのもうまいし」

「それは……わかる気がするけど」

「だからさ、正直俺は、城野が馬鹿正直に寮に来なくなってるっていう現状が、すっげぇ意外なわけ。晋平が『もうちょっと控えよう』って言えば、それなりに言うことを聞くとは踏んでたけど……」

「……言ってない」

「あ？」

「もうちょっと控えようとか、言ってない、俺」

「え、何で」

春菜はすぐには山口に答えず、ベッドに戻ると座り直し、居心地の悪い気分になりながら枕を両腕で抱き締めた。

「城野がそうしたいなら、控えたくなかったから」

「……」

何となく山口の方が見られなかったので、彼がどういう表情をしているのかわからなかったが、少しの間言葉を失ったのはわかる。

「……晋平、おまえ……ほんっと、可愛くなっちゃってまあ……」

やっと聞こえた山口の声は、しみじみと感じ入るような響きで、春菜はやたら恥ずかしい心地になった。恥ずかしいことを言った、と思う。

「他の寮生にバレたら恥ずかしいなとは思うけど、城野が望んでることが一番だ。……と思ってたんだけど」

「ん？　でも、じゃあどうして城野が寮に来なくなったんだ？」

尻窄《しりすぼ》みになった春菜の声の最後の方が聞こえなかったらしく、山口が訝《いぶか》しそうに呟《つぶや》いている。

「だから、山口に聞きたいことがあったんだ。聞きたいことっていうか、頼みたいことっていうか」

「おう？」

「雑誌貸してくれ」

「雑誌？　って何の？」

「『エッチなグラビア』が載ったやつ」

思い切って口に出してみたのに、山口からの反応がない。春菜は枕に落としていた視線を、そっと山口の方へ移した。

山口はどうしてなのか春菜を凝視している。あまりに微動だにせず見られて、春菜はまた居心地の悪さを覚えた。

「駄目か？」

「さすがに予想外だったわ……いいけど、晋平が使うのか」

「使うって言うな、そのつもりだけど。あと、できれば、山口はどういうページを使うのか教えてほしい」

「……城野が寮に来ないから自己処理をしようと？」

直接的なのか迂遠《うえん》なのか判断のつかない山口の言い回しに困りつつ、春菜は首を横に振った。

「どうすれば、たっ……、……海面状の静脈性血管腔が血液で満たされて膨張するかということについて研究したくて」

「おまえ、もしかして勃《た》たなくなったのか？」

せっかく精一杯早口に婉曲《えんきょく》な表現をした春菜の努力を一切無駄にして、山口があまりにもストレートな問いを口にする。

春菜は再び枕に視線を戻して、頷いた。

「え……っ、ってことは、城野が寮に来なくなったのって、晋平がそういう状態だからってことか……？」

改めて言葉にして言われると、泣きたくなってくる。

「……多分」

「それまではちゃんとできてたんだろ？」

「ちゃんとかどうかは知らないけど、多分……」

「なるほどなあ……」

さすがに問題が問題だけに迂闊《うかつ》に茶化すこともできないのか、山口は彼にしては珍しくあやふやな調子で呟いている。

「山口は色々考えてくれてたみたいだけど、俺はもう正直、周りがどう思おうとどうだっていいんだ」

春菜の方は、重々しい口調でそう告げた。

「関係ない人に邪魔されたら嫌だなとはたしかに思うけど、そんなことより、目の前にある危機の方が重大だから」

他人に壊されるより先に、自分の体調のせいで城野との関係が駄目になってしまうのなら、意味がない。

「そりゃまあ、そうだろうよ」

山口が立ち上がる気配がする。春菜が見上げると、備え付けのクローゼットを開いて、中から雑誌を取り出している。

「でもおまえ、今までこういうの必要なかったんだろ？　……聞くのがものすごく怖いけど、でも好奇心で聞くけど……一人でしたことすらなかったとか言わないよな？」

おそるおそる訊ねてきた山口に、春菜は頷く。

「さすがに言わない。でも、やるぞ、って思ってしたこともないから、どうしたらそういう状態になるか、よくわからない」

山口が手渡してきた雑誌を、春菜はありがたく受け取った。巻頭と巻中に、極端に布地の少ない水着を着たり、濡《ぬ》れた白いシャツを羽織っただけだったり、腕で胸の先を隠しているだけだったりの女の子の写真が載った漫画雑誌だ。巻中は袋とじになっていたようだが、すでにカッターで袋の部分が切られている。

「うーん……」

ぱらぱらとページをめくって一通り眺めてはみるが、春菜にはどうもぴんとこなかった。こんな水着では不安じゃないのかと心配になったり、濡れた布地が肌にくっつくのは不快ではないだろうかと気になったりするだけで、気分も体も盛り上がってはこない。

「俺は下乳と尻派」

「した？　何？」

「ここのラインと、ここ」

山口が、女の子の胸や尻の辺りを指で示してくれるが、春菜は特に感銘を受けることがなかった。なるほど山口はこういうところで興奮するのか、と思っただけだ。

「ちなみに男版もあるぞ、声かければ貸してくれるあてがある」

「男の写真見ても、やるぞってなるもんか？」

「おまえが聞くかそれを……」

山口は呆《あき》れたように言って、春菜の手から雑誌を取り上げてしまった。

「まだ見てるんだけど」

「そう思い詰めた顔してるようじゃ、いくら時間掛けても無駄だっての。この辺は全年齢向けだし、あとでもうちょっと視覚的に影響がありそうな奴を探してきてやるから」

「……わかった」

頷いてから、春菜は大きく溜息をついた。たしかにこのままでは、どれだけ写真を眺めていたところで、状況が改善するとも思えない。

「今日はもう、メシ食って風呂入ったら寝ちまえよ。寝れなかったらこれでも読め」

山口は雑誌の代わりに、本棚から無造作に抜き出した哲学書を春菜に押しつけてきた。

「何なら俺が出張して読み上げてもいいけど」

「余計寝られなくなりそうだし遠慮しとく」

春菜はベッドから腰を上げて、相談に乗ってもらった礼を言うと、山口の部屋をあとにした。

3

結局春菜《はるな》はあまりよく眠れなかった。最近ずっとそうだ。山口《やまぐち》の貸してくれた哲学書も、文字を追おうとしても目と頭が素通りして、睡眠誘発剤の代わりにもならない。

（早く、どうにか、城野《しろの》に『使って』もらえるようにならなくちゃ）

そう思えば思うほど気が焦り、逆に体が冷えていくような感じに、不安ばかりが募っていく。

（ちゃんとできるようになったら、城野を部屋に呼んで、前みたいに）

授業もうわの空のまま受けて、放課後になってしまった。今日は土曜日なので昼休みはない。

城野は赤点補講の最終日に受けた追試の結果を受け取るために職員室に行くというので、春菜は誰もいなくなった教室で、彼が迎えに来るのを待っている。

「晋平《しんぺい》、まだいたのか」

自分の席でぼんやりしていたら、声をかけられた。教室の出入口の方を見遣ると、山口がいる。

「城野待ち？」

教室に入りながら訊ねてくる山口に、春菜は頷きを返した。

「山口は？」

「週番のお仕事帰り。担任に雑用頼まれてた。――ちょうどよかった、俺、今日明日実家戻るから、これ渡しとこ」

山口が鞄《かばん》を探り、中から紙袋を取り出した。春菜に手渡してくる。

何だ、と思いながら中を見ると、漫画や小説の文庫本や雑誌に、ＤＶＤ－ＲＯＭらしきものが詰まっていた。すべてのパッケージが、妙に肌色率の高い写真や絵で飾られている。

「昨日言ってたヤツ。クラスにそういうの集めてる奴がいるから、ゆうべのうちに持ってきてくれるように頼んでおいた」

「……おお……」

「あんまり過激なのだと逆に気が殺《そ》げるかもと思って、ぎりぎり成人マークつかないやつにしてもらったから。いろいろ取り揃えてあるし、好みのものを発掘しろ」

ぱらぱらめくってみると、たしかにどれも派手な露出や絡みはないが、それなりにエロティックな場面が描かれている本のようだ。中には男二人が並んでいるものもあった。春菜が今まで見たことのない、興味を持たずに書店で素通りしてきた棚の辺りに置いてあるものなのかもしれない。

「ありがとう、頑張って読む……」

礼を言いながらも、春菜はどうも気が重たかった。

多分これは、プレッシャーというやつだ。

「だからそんな思い詰めた顔でエロ本のページをめくるなよ」

山口が、袋から取り上げた一冊で、春菜の頭を叩いてくる。叩かれるまま、春菜は項垂《うなだ》れた。

「……頼んでおいて何だけど、うまくいく気がまったくしない」

どの本を開いても、やはりまったく興味が湧《わ》かない。

「城野に触ってもらってる時みたいに、心臓がばくばくしたりしない」

「俺も貸しておいて何だけど、実は無駄な気がしてる」

ゆうべと同じように、山口が春菜の手から本を取り上げた。

「ものは試しとも思ったけどさ。でも今まで興味なかったものに、急に興味持とうっていうのがそもそも無茶だろ。晋平は自分の好きなものにしか気持ちが動かない人種だっていうのは、自分でも嫌ってほどわかってるだろうに」

「……そうか」

山口の言うことは、もっともだ。これまで他の人と同じような考え方や行動が取れずに、周りも自分も落胆し続けてきた。合わせることが不可能だと悟ったから、自分ではなく環境を変える決断をして、この学校や寮に入ったのだ。

（じゃあ、どうしたらいいんだ）

やっと思いついたつもりの打開策が無意味だとわかって、春菜は途方に暮れた。

(このままじゃ、城野に不必要だと思われてしまう)

それだけはどうしても嫌だった。城野が自分に興味を失くすと考えるだけで怖いし、悲しい。

(どうしたらいいんだろう)

考えても、いい解決策がみつからない。今日も城野とただ帰り道を十五分かけて歩くだけで終わってしまうのか。それがいつまで続くのか。もう六月になってしまった。来月の後半には夏休みが始まる。こんな状態のまま夏休みを迎えれば、学校からの道のりを一緒に並んで歩くことすらできなくなってしまうのだろうか。本当に、そんなのは、嫌だ。

縋《すが》る気分で、春菜は山口を見上げた。

「なあ、山口、ちょっと俺を誘惑してみてくれないか」

春菜の手から取り上げた本を紙袋にしまい直していた山口が、その動きを止めた。

曖昧な笑顔で、春菜を見返す。

「……。ん、何て?」

「本じゃ無理なら、人はどうかと思って」

「……。なぜに俺」

「城野の次くらいに山口が好きだから」

「……」

山口が、何か言おうとして口を開き、諦《あきら》めたように溜息をついて、やがて痛みを堪える仕種《しぐさ》で頭を手で押さえた。

「俺としたことが、どこから突っ込めばいいのかわからん……」

「だって、もう他にどうしたらいいのかわからないんだ」

泣きたいわけじゃないのに、春菜は勝手にじわじわと目から涙が滲《にじ》み出してきて、戸惑った。昔から、泣いた覚えなんてほとんどないのに。

「……まー、人の唯一の親友を泣くほど思い詰めさせた罪、っていうのはあるかねえ」

山口が、小声で何か呟いた。鼻を啜《すす》っていた春菜には、それがうまく聞き取れなかった。

「何……?」

「わかったわかった。じゃあ俺が、責任持って晋平をその気にさせてやるから」

「え」

自分で頼んでおきながら、春菜は狼狽《ろうばい》した。

山口が片手で眼鏡を外し、制服のポケットにかけている。両手で肩を摑《つか》まれた。裸眼になった山口の、普段気にしたことはなかったがそういえば端正な顔が、春菜の間近に迫ってくる。

「あ、あの、山口、やっぱり俺」

「ほら、目くらい瞑《つむ》れ」

顔を近づけてきた山口は、春菜の頰を掠《かす》るようにしながら、唇を耳許に寄せた。

「――殴られたら、親友の彼氏だろうと俺は殴り返すからな?」

囁《ささや》かれた言葉の意味を理解する前に、春菜は腕に痛みを感じて顔を顰めた。

「!?」

痛みと共に、体がうしろに引っ張られる。何かに背中が当たった。

「……っざけんな、何やってんだよ!!」

大音量で聞こえた怒声に反射的に首を竦《すく》めてから、春菜は愕然《がくぜん》として、背後に立つ自分の腕を締め上げるように摑む相手を見上げた。

「城野!?」

「やっぱりあんただって、春菜先輩のこと好きなんじゃないか!」

咳《せ》き込む音が聞こえて、春菜はおろおろと、城野から目の前にいるはずの山口に視線を戻した。山口は、思ったより離れた場所で胸を押さえて、体を屈《かが》めている。どうやら、春菜を引き離すと同時に、城野が山口の胸を突き飛ばしたらしい。

「し、城野、おまえ、いつから……」

城野の存在に、春菜はまったく気づかなかった。

「『俺を誘惑してみてくれないか』のちょっと前あたりからだよな」

山口は城野がいることに気づいていたらしい。

「ていうか、頼んだのは晋平の方だってわかってるくせに、俺に怒るなよ」

殴られたら殴り返す、と言っていた割に、山口は何だか可笑《おか》しそうに笑いを嚙《か》み殺しているだけで、怒っているふうでもない。

「うるさい、いくらあんたにだって、春菜先輩は絶対渡さないからな！」

「い、痛い、城野、痛い」

声を上げながら、城野がどんどん摑んだ腕に力を籠《こ》めてくるので、春菜はたまらず泣き言を言った。と、その力が弛《ゆる》んだのでほっとしたのも束の間、今度は手首をきつく摑まれた。

「行くよ、先輩」

「え——」

城野は春菜の返事を待たず、もう教室の外へ向かっている。

戸惑いながら振り返ると、眼鏡をかけ直した山口が、何だかにやにやした顔で手を振っている。

春菜は手を振り返す気になれずに、城野に引き摺《ず》られるまま教室を出ていった。

◇◇◇

城野は春菜の方を見ようとはせず、ずんずんと廊下を歩いている。

（怒ってる……？）

城野は山口に嫉妬しているのだと、山口自身から昨日聞いた。

なのに春菜は、城野が見ているところで、山口のことを、城野の次だとはいえ好きだと言った。挙句、誘惑してくれなどと頼んだ。これで怒らない方がどうかしている。

廊下にはまだ他の生徒の姿がまばらにあって、手を繋ぐようにして（実際には春菜が一方的に手首を掴まれているだけだが）歩く春菜と城野の姿を、怪訝《けげん》そうに見ていた。

「城野、あのっ」

とにかく謝らなくては、と思うのに、城野の足取りが速すぎて、春菜はついていくだけで息が切れてしまう。

城野は何も言わなかったし、前を向いているので表情はわからなかったが、手首を掴む力で、彼が怒り狂っていることが春菜にも嫌というほどわかった。

（ど、どうしよう……）

城野は結局一階の昇降口まで春菜を引っ張ってきて、靴箱の前でようやく手を離した。

「靴、履き替えて」

まったく笑っていない顔で、城野が言う。春菜はこくこく頷いて、大急ぎで上履きから外履きへと履き替えた。小走りに昇降口を出ると、やはり靴を履き替えた城野が待っている。春菜が言うべき言葉を思いつく前に、また手首を掴んできた。

再び春菜は城野に引き摺られるように歩き出し、学校から出る。

城野は寮がある方とは別の道を進んだ。どこに行くんだろう、と思いつつ、春菜はおとなしく城野についていく。

無言のまま城野が春菜を引き摺っていったのは、学校からは少し離れたところにある、春菜が初めて訪れる公園だった。暗くなったら危険なので近づかないように、と指導されている例の公園だ。

割に広くてそれなりに遊具もある公園なのに、治安の問題か、子供の姿どころか、大人の姿もほとんど見当たらない。ジョギングやウォーキングをするお年寄りや、スーツを着たサラリーマンが、遊歩道を行く姿がちらほら見える程度だった。

城野はその遊歩道に面したベンチへと春菜ごと近づき、座った。春菜も隣に腰を下ろす。

とにかくきちんと、ゆっくり話がしたかった春菜はほっとした。城野も同じことを考えていたのだろう。

「城野、さっきは――」

「あーっ、くそ……！」

ごめん、と春菜が謝罪の言葉を口にしようとするのを遮るように、城野が大きな声を上げた。

ぎょっとした春菜が見守る先で、体を折り曲げ、両手で頭を抱えている。

（あ、手、離れてしまった……）

そんなことを考えている場合ではないと思うのに、春菜は、そのことに少しがっかりした。

「あの、山口先輩のニヤニヤ笑い……ムカつく……!!」

「ご、ごめん、俺が山口に変なこと頼んだりして」

「絶対怒り狂ったりしないで、冷静に振る舞おうって思ったのに、全然無駄だった……！　くそ……!!」

城野は春菜の言葉などまるっきり耳に入っていない様子で、ひたすら頭を抱えている。

「城野？」

「全部あの人の思う壺《つぼ》じゃないか、だから俺あの人のこと苦手っていうか、もうはっきり言って嫌いなんだよ！　ああもう嫌い！　ムカつく！」

「し、城野」

大声で喚《わめ》く城野に驚いて、春菜は慌ててその背中を摩《さす》った。

宥《なだ》めるように背中を摩り続けると、城野がようやく少し落ち着いたのか、深々と大きな溜息を漏らしながら体を起こした。

「本当に先輩、なんであんな人と友達なわけ？」

「いや、俺もよくわかんないけど……でも、あの、何て言うか、一番好きなのは、城野……だから……」

そこを誤解されたくなくて、春菜はしどろもどろにそう告げた。

「知ってる」

必死に伝えたつもりだが、城野は小さく頷いて、また溜息をついただけだ。

「山口に、その、誘惑……してくれとか何とか頼んだのは、別に山口とそういうことしたかったからとかでは、断じてなくて」

「わかってる」

城野はぐったりと、ベンチの背もたれに背中を預けていた。

「山口先輩が言ったのより、もうちょっと前から見てたんだ」

「え？」

「春菜先輩が、山口先輩に誘……、くそっ、口に出したくない……、……とんでもないこと言い出す前から。山口先輩が、そんなに思い詰めた顔でエロ本読むなよって言ったあたり」

すると、割合最初の頃から全部見られていたのかもしれない。

「何やってんだ、と思いながら見てたんだけど。先輩たちの会話聞いて、何か、ああ……、って……。春菜先輩が何でそんなもん見てるのかは、多分想像ついたっていうか」

「……そうか」

無性に恥ずかしくなって、春菜は自分の足許に目を落とした。

「先輩のこと悩ませて申し訳ないなって思って、だから、俺が子供っぽく怒ったり……よりによって山口先輩の前でやきもち丸出しにして騒がないように、冷静に、冷静に、って思ってたけど、無理だった」

あんなに怒って、大声を出している城野を、春菜は初めて見た気がする。

「でも絶対あの人俺がいることに気づいてて、わざと先輩の頼みに応じるふりして、あああぁ、それわかってるからほんと取り乱すところ見せたくなかったのに……！」

「し、城野、落ち着け」

また声を荒らげ出す城野に、春菜は今度は脚を叩いて宥める仕種を取った。

「……まあいいや山口先輩のことはとりあえず、置いといて」

ぶつぶつ呟いてから、城野が少し改まった態度で、寄りかかっていたベンチから背中を離す。

「先輩があんなこと言ったのは、俺のため……ってことで、合ってるよね？」

向き直って訊ねてくる城野に、春菜は小さく頷きを返した。城野がかすかに息を吐く。安堵しているのか、困っているのか、判別しがたい微妙な溜息だった。

「ごめん、先輩に余計なプレッシャーかけたくなくて、でも二人きりになると理性持つか自信ないから、寮に行かないようにしてたんだけど。全然、逆効果だったってことだよね」

神妙な態度で言う城野に、春菜の方は、不安と悲しさがぶり返してきた。

「……城野は、そういうことができない俺には、用がないのか？」

「え!?」

ぎょっとしたように、城野が目を剝《む》く。

「そんなことない！　あるわけない！　ありえない！」

「だって、俺ができなくなったから、来なくなったんだろ。部屋に」

「違くて！　そうじゃなくて、俺がやりたいやりたいってあんまり露骨に迫るから、先輩はそういうの嫌になっちゃったんだろうと思ったから、目的は体だけじゃないって態度で示すつもりで」

弁解のように城野が言えば言うほど、春菜の中に悲しみが積もっていく。

「……俺、本当に、城野に触られたりするの、嫌じゃなかった」

そこを信じてもらえなかったことが、春菜には心外だったし、辛かった。

「俺がちゃんとできないから、城野には、信じるに価しないって思われたのかもしれないけど。でも俺は、城野が好きだし、城野が部屋に来てくれて、嬉しかった、のに」

最後の方は、変に息苦しくて、うまく声が出てこなかった。「あれ？」と思ったのと、しゃくり上げるような音が勝手に喉《のど》から漏れたのが、同時だった。

「え……うわっ」

何度も息を吸い上げながら、勢いよくぼろぼろと涙をこぼし始めた春菜に気づいた城野が、目に見えて狼狽した。

「うわあああ」

慌てた様子で、城野が春菜に手を伸ばした。対処に困り果てた末のように、泣きじゃくる春菜の頭を抱き込んでくる。

「ごめん、先輩ごめん、泣かないで」

「俺、もっと城野と一緒にいたいのに。何で避けるんだよ」

「避けてない、ちょっと俺の頭冷やそうって思っただけで」

「避けてるだろ！　俺は無理してないし嫌じゃないって言ってるのに、我慢とか、城野が勝手に」

城野がうろたえているのも困っているのもわかっていたが、春菜は止められず、止める気も起きずに、派手に啜り上げた。

そういえばこんなふうに泣くのなんて、物心ついて以来初めてじゃないだろうかと、頭の片隅で考えながら。

「俺の言うこと信じないで、することできなくなったから、俺のこと捨てるんだ」

「違うって!!　俺絶対先輩と別れないよ、俺からは絶対そんな話しないし、先輩にされたって死んでも受け入れないで、どこまでも追い掛けてって、捕まえるから。他の誰だろうと、山口先輩にだろうと、渡したりしないから」

城野が必死に言い募れば言い募るほど腹が立って、春菜は相手の背中を力一杯殴りつけた。

「何でここで山口の名前出すんだよ！　一番好きなのは城野だって言ってるだろ！」

「じゃあ春菜先輩も、あの人に誘惑してくれなんて言うなよ！　さっきあんなとこ目撃して、俺、心臓止まるかと思ったんだからな！」

城野は城野で憤った声を上げ、春菜はやっとそこで、一方的に頭に血を上らせるのをやめた。

「……二度と言わない。ごめん」

腕の中で春菜が少しおとなしくなると、城野がほっとしたように肩から力を抜いた。

「駄目なんだ、俺、心狭くて。春菜先輩と山口先輩が仲いいの……あの人が先輩のこと晋平って呼ぶのとか、先輩のことなら何でもわかってるって顔してるとことか、いちいちイラついて。みっともないってわかってるから、なるべく気にしてないふう装おうって思っても、やっぱどうしても、落ち着かなくて。さっきもあんな、すげぇ格好悪く怒鳴り散らしたりして……」

「……」

「山口先輩だけじゃなくて、寮の人たちとか、春菜先輩とひとつ屋根の下って思うだけで嫉妬するんだ。最近さ、みんな、俺に先輩の話するんだよ。何か、みんな春菜先輩と話したり、仲よくしたり、したいみたいな雰囲気で……」

寮の娯楽室でのことを、春菜は思い出した。

あれはもしかすると、城野の話をしたいというだけではなく、城野の話題を切っ掛けに、自分と話がしたかったんだろうか……と、少し、気づく。

「先輩が前の学校で周りの人と馴染めなくて、っていう話聞いてたから、本当は、いろんな人と話した方がいいのかもって、思わないわけじゃなかったけど……でも嫌で。せめて当分は誰にも邪魔されたくなくて、だから、先輩の恋人は俺だけだって証拠欲しい感じで、先輩に迷惑かけないように連日押しかけたりはやめるって言っておきながら、止められなかった」

山口の言ってたとおりだ――と内心でその推理に感心していたが、さすがにこの場面でそれを口にしてはいけないというくらいの判断は、春菜にも持てた。

「そういう自分の心狭いとこ、格好悪いなって、自分でも嫌だったんだ。だから、先輩が、その……触っても反応してくれなくなった時、自分に駄目出しされたみたいでさ。怖くて、もうつき合うの無理って言われるくらいなら、そういうのなしでも一緒にいる方選びたくて」

「……一緒にいてくれないじゃないか、城野は」

「だから、二人きりになったら抑えられるかわかんなかったんだよ。つき合う前ならまだしも、もう先輩がどういう顔でどういう声出してどういう反応するか知ってるのに……無理矢理乱暴するみたいな真似したくなかったから」

どういう顔で、などと城野が言うたび、春菜は反射的にまた相手の背中を殴りつけたが、城野は文句も言わずにされるままになっている。

「いいよ、別に、無理矢理したって。俺だって、城野と一緒にいられない方が嫌に決まってるだろ。だったら城野のいいようにしてくれればよかったんだ」

「……そういうこと言うから……」

春菜の肩に額を押しつけるようにして、城野が大きく息を吐き出した。

「そういうこと先輩に言わせちゃう自分が、ほんとすごい情けなくて、滅茶苦茶落ち込んでた。恋人にそこまで気ィ遣わせる俺って何なの、みたいな……」

「気を遣ってるわけじゃなくて」

「うん」

まだ信じてくれないのか、とまた春菜は声を荒らげかけたが、ぎゅうぎゅう背中を抱き締められて、それを堪える。

多分城野は、もうわかってくれている。

「……春菜先輩と直接話す前さ。去年、知り合う前……顔と名前だけ知ってた頃、先輩のイメージって、すごい摑みどころのない人だったんだよ」

城野の手が、宥めるように春菜の髪を撫でる。宥めているわけではなく、単に、城野が触りたいだけなのかもしれないが。

「信じらんないくらい頭よくて、見た目も綺麗で、一人でいても全然平気そうだし、クールっていうか、正直ちょっと、冷たそうな人だなって」

「……」

そういう評価を、春菜は人からよく下される。

でも、よく言われるからといって、慣れているわけではない。城野にもそう見られていたことがショックで、相槌を返せなくなる。

「でも、委員会の時にさ。俺がみっともなくグーグー腹鳴らしてたら、飴？　砂糖？　くれたじゃん」

「……Dグルコース」

「そうそう、えっと、C_6……H_{12}、O_6？」

驚いて、春菜は身じろいだ。城野の顔を見上げようとしたが、未だにきつく抱き締められているので、叶わない。

「覚えたのか？」

「うん、頑張った」

城野の口調が妙に誇らしげで、それが微笑《ほほえ》ましくて、春菜は少し笑みを零した。

「あの時、先輩はすごい優しい人なんだって。見た感じだけじゃわかんない、もっと違うもの持ってる人なんだって思って、それで、気になり始めたんだ」

「……」

今度は相槌が打てなかったのではなく、もっと城野の話を聞きたくて、春菜は黙り込んだ。小さく頷いて、先を促す。

「話してみると、あんま愛想ないし、どっちかっていうとぶっきらぼうだし、言ってることたまによくわかんないし、でもやっぱ、優しいんだろうなってわかった。先輩にとっても俺が話すことってたまによくわかんないみたいなのに、しばらくじっと考えて、理解してくれようとしてるから。だから俺、先輩のことももっと知りたいし、俺のことももっと知ってほしいって思うようになったんだよ」

誰かと話をしていて、春菜が相手の言葉を吟味するために黙り込んでいると、大抵は『無視された』と気を悪くされる。

そう思わずに答えを待ってくれる城野の方が、きっとよっぽど優しい。

「……そういうふうに考えてたはずなのに、こないだ、先輩の言葉ろくに聞かずに逃げた。ちゃんと聞こうとしないで、わかったふりしようとしてた。ごめんなさい」

城野の言葉を聞いて、春菜は全身から力が抜けていくのがわかった。

信じてもらえなかったことに腹が立っていたが、それ以上に、城野が自分の言葉に耳を貸さなくなったことが怖かったのだと、今になって気づく。

「どっかでずっと後ろめたかったんだ。俺は先輩に甘えて懐いて絆《ほだ》して、恋愛にオクテっぽいの利用してたとこあるから。初めてエッチした時とか、先輩俺に何されるかとか全然わかってなかったみたいなのに、そこにつけ込んで好き勝手した、みたいな……」

「別に、つけ込まれたりは」

「や、したんだと思う。じゃなかったら、自分は勃たなくてもエッチはできるみたいなこと、先輩は言わなかっただろうし」

「……そうなのかな」

「最初に好き勝手して、それからもおんなじようにやってた俺が悪い。そのせいで先輩は多分、相手にいいように弄《いじ》られるのがセックスなんだって思っちゃった気がする。あと、そういうのがつき合うってことだって」

そうかもしれない。

城野にとって、セックスの相手にならない自分には意味がないのだろうと思って、怖かったのだ。

「俺ももっとちゃんと聞けばよかった。……もう一回聞くね、先輩は俺とするのは嫌じゃないって言ったけど、それなら他に、何が気になってたの？」

「……」

春菜も、城野に打ち明け話をした。山口に言われたこと。それが気懸かりになってしまったこと。でもそれ以上に、城野のしたいことなら何でもしたかったということ。

「……そっかー……」

春菜の話を聞き終わると、城野は何度目かの深い溜息を漏らした。

「やっぱ、俺のやり方がまずかったんだよな。先輩とつき合えるようになったのが嬉しくて、どっか目が眩《くら》んでて、心も視界も狭くなってて……あのさ、もうこれ、言い訳だけど。先輩の部屋の上下左右って、俺がいる時、ほぼ無人だったんだよね」

「え？」

「右隣は部活で、左隣は予備校で帰りが遅いし、下は物置代わりの空き部屋になってて、上は思ったより音が聞こえないから大丈夫って、確認してあった」

「……いつの間に」

「前に山口先輩に嫌味言われたあと、すぐ調べたんだよ。ほら、先輩と初めてエッチしたあと、乃木坂《のぎざか》だけじゃなくて上下左右の部屋のやつも買収しろって山口先輩に言われたから、なるほどそうしようと思って。で、その必要はないってわかって、あ、さすがにテスト期間は部活休みになるから、そこは避けてたんだけど」

「……知らなかった……言ってくれたらよかったのに」

「本音言って、先輩が気にするって思わなかったんだ。俺は先輩の声とか勿体《もったい》なくて他のヤツに聞かせたくなかったし、証拠押さえられるみたいなことになったら困ると思ったから調べたけど、大丈夫そうだったから、報告しなかった。……本当、言えばよかったなあ……でも、言ったところで、先輩の気懸かりが消えるわけじゃなかったんだっけ。俺は山口先輩みたいなところに頭回らなかった。悪意持ってるヤツとかおもしろがるやつはいるだろうとは思うけど、証拠さえ摑まれなけりゃいいと思ってたし、むしろ俺たちがつき合ってるっていうの、知れ渡ればいいのにってどっかで考えてたし」

城野がそっと、春菜の背中を抱く腕を弛めた。少し離れて、春菜の顔をみつめてくる。

「俺、もっといっぱい春菜先輩のこと考えるね。今までも先輩のことで頭一杯だったけど、何か多分、春菜先輩のこと考えてる自分のことしかわかってなかったたっていうか……だから、これからは、俺のこと考えてくれる春菜先輩のこと考える。ちゃんと」

言ってから、城野が自分の言葉に自分で首を捻《ひね》った。

「あれ、何かよくわかんなくなっちゃったな？」

「わかる」

春菜は、城野を見返して、頷いた。

「城野がそういうふうに思ってくれて、嬉しい」

「……そっか」

安堵と照れの混じったような表情で、城野が笑った。その表情を見ていたら、春菜は何かたまらない気分になって、困って、俯《うつむ》いた。

「春菜先輩が俺とエッチするの嫌じゃないってわかったけど、やっぱ寮で毎日っていうのはよくないのもわかったから、我慢するのは続けるね」

「え」

――今しも、自分から城野にくっつきたいとか、抱き締めたいとか、そういう衝動に駆られていた春菜はその動きを止めた。

「や、もちろん、たまにはチューとか、ちょっと触るくらいしたいけどさ。でも考えてみたら、で考えてて」

先輩今年受験生だし、俺が毎日入り浸って勉強の邪魔するのもよくないなって、ここしばらく
「……」

「卒業したら、寮出るだろ？ 実家戻っちゃうのか、一人暮らしするのかとか、決まったら教えてね。俺、先輩がどこにいっても絶対追い掛けるから。同じ大学とかはまあ万が一の可能性もないけど、でももしできたら、俺、先輩と一緒に暮らしたいなって」

「……」

「そういう先があるなら、あと九ヵ月くらい、周りに変な横やり入れられたり、迷惑かけないように、我慢できると思う。だから」

「……前言、撤回する」

「え？」

「城野やっぱり何もわかってないじゃないか」

城野が本当に一生懸命今後のことを考えてくれたのだということは、春菜にも理解はできる。

だが、納得はできなくて、恨みがましい声音になってしまう。

城野が戸惑ったように、そんな春菜を見た。

「え……どの辺が？」

「俺は、城野といろいろするのが嫌じゃないって言ってるわけじゃない」

「えっ!?　……やっぱり、嫌だった?」

不安げになる城野に今度は腹が立って、春菜は思わず、馬鹿なことを訊ねてくる相手の頬を片手で捻り上げた。

「痛い、先輩」

「嫌じゃなくて、嫌じゃないんでもなくて、好きなんだ」

「……!?」

仰天したように目を見開く城野を、春菜は睨みつけた。顔が赤くなっているのは自覚していたが、止めようがない。

「どうして自分ばっかり我慢してるみたいな言い方するんだ。俺だって我慢してる、今も……したいって、思うのに」

「ま、待って……待って、あの、でも」

こんなに動揺する城野を、春菜は初めて見た気がする。

「先輩、えっと、駄目で、山口先輩からエロ本借りたり誘惑してくれとか頼むくらい」

城野はそこが一番引っかかっているらしい。まあ当然か、と思って春菜はますます赤くなった。いざという時に勃たないとか、いくら受け身側だとはいえ春菜だってショックだったし、その相手として城野も否定された気がして傷ついただろう。

「……ちゃんとできるか、わからないけど」

そっと手を伸ばして、城野の指に触れる。微《かす》かにその指が震えるのがわかった。何で驚くんだ、と思いながら、春菜は相手の指を握る。

「城野に触ってもらうの気持ちいいのに、気持ちいいって城野が教えてくれたのに、今さらやめるとか、ひどいだろ」

「……っ」

「そりゃ、寮で毎日は、たしかに困るけど……状況に困ってただけで、行為自体に抵抗なんか、全然なかった。だから、何か方法、考えよう。卒業まで恋人らしいこと何もしないのとか、俺は、我慢できないからな」

「……うう」

城野が妙な呻《うめ》き声を漏らした。恥ずかしくて相手の顔を見られずにいた春菜は、そっと隣を見遣って、城野も耳まで真っ赤になっているのを見て、つい笑ってしまった。

言ったとおり、我慢なんかできずに、素早く周りを見渡してベンチのそばにも遊歩道にも人影がないのをたしかめてから、城野の熱くなった耳に、掠るようなキスをする。

「……駄目だ！」

直後、城野が小さな声で叫んで、ベンチから立ち上がった。

駄目だったのか、と春菜が悲しくなる暇もなく、城野は春菜の手を握り返して引っ張り上げた。勢いで、春菜もベンチから腰を浮かす。

「城野？」

城野も、先刻の春菜のようにきょろきょろと辺りを見回したあと、一点に目を止めて、春菜の手を摑んだまま歩き出した。引っ張られるに任せて、春菜もあとを着いていく。

辿り着いたのは公園の片隅に据えられたトイレだ。最近新設されたのか綺麗なもので、城野は先にそこへ春菜を押し込めてから、勝手に掃除用具庫を開けて、清掃中の立て看板を入口のところにガツンと置いた。実にてきぱきした手際だった。

「こんなところでごめんね、でも外よりはちょっとマシかなって」

春菜の前までやってくると、真顔でそう言って、城野が両肩を摑んできた。ぐいぐい押されて後退《あとず》さり、気づいた時には春菜は個室に入り込み、城野が電動式のドアをボタンを押して閉めている。

「城——、んっ」

ここで？　と訊ねようとするより先に、城野が春菜の唇をキスで塞いだ。触れられた途端、春菜は場所に対するほのかな抵抗も吹き飛んで、その感触を味わうことに没頭した。

城野の仕種は焦れきったあとのように性急で、同じ気分だった春菜も、どうにか相手の動きについていこうと唇を開き、思い切って自分からもささやかに舌を動かしてみた。

ぎこちない春菜の動きに気づいた城野が、より熱心に深いキスを続ける。

「……っ……」

口中の奥まで舌でなぞられて、春菜は膝から力が抜けていく感じがした。背中に何かが当たる。個室の壁だ。そこに寄りかからなければ、その場にずるずる座り込みそうになる。

「ごめ……やばい、全然、我慢とか、止めるとか」

キスの合間、上がった息の中から、城野が途切れ途切れの呟きを漏らす。

「いい……我慢しなくて」

春菜だって、止められる気がしなかった。城野は片脚を春菜の脚の間にねじ込んできて、春菜は相手の腿《もも》に自分の昂《たか》ぶりかけたものが当たるのがわかり、赤くなった。

また無理だったら、などと心配する暇もない。

「よかった……先輩、勃ってる」

わざわざ口に出されて、恥ずかしいのに、余計に気持ちも体も昂揚《こうよう》してしまうのだから始末に負えない。

「だから、俺だって、城野とするの、好きだから、って」

座り込むのを堪えるためにも、春菜は城野の首に縋るように手を回した。溺《おぼ》れる者が手近なものに必死で抱きつく、みたいな風情になってしまった。

「すっげえ、嬉しい……」

言葉どおり喜びを目一杯滲ませた声で言って、城野が春菜を抱き返す。すぐにまたキスされた。息をつく暇もない。口許が濡れてしまって少し居心地が悪い——と思っていたら、城野の指にその濡れた唇を触られた。

　何となく相手の意図を察し、春菜は相手の指をおとなしく口中に受け入れた。さっき初めて自分からそうしたみたいに、その指に舌を絡めて、濡らしていく。

「……人来たらまずいし、急いじゃってごめんだけど……」

　熱っぽい声音で言いながら、城野は空いた手で器用に春菜のベルトを外している。

　ズボンのボタンも外されながら、春菜は頷いた。ただ人が来るのを警戒しているというだけではなく、とにかくただ少しでも早くそうしたいという先走る気持ちは、多分お互い同じだ。

　唇から、城野の指が出ていく。その指が、今度は下着の中に忍び込んで、後ろから尻の狭間を探られた。春菜は城野がやりやすいように、どうにか寄りかかっていた壁から背中を離す。やっぱり膝が笑ってしまうので、今度は城野の方に体重をかけた。城野は寄りかかってくる春菜の体を難なく支えてくれた。

「あー、ゴムとか、持ってくればよかったなあ……ほんとに、我慢しようって思ってたから、なんにも準備してなくて」

　心から悔やむような城野の呟きに、春菜は少し笑う。そのタイミングで窄《すぼ》まりの中に指が入り込んできて、妙に上擦った声を零《こぼ》してしまう羽目になった。

「中には、出さないから……最初の時、それで、大変だったもんね、先輩」

「……んっ……ん」

これまで城野に教えられたとおり、春菜は下肢から力を抜こうとする。無意識に相手の肩口に額を強く押しつけてしまった。城野の近くにいられるのが嬉しくて、もっと近づきたくて、貪欲《どんよく》な仕種になってしまった気がする。

「――先輩、腰動いてる。可愛い」

おまけに、押しつけていたのは額ばかりではなかったらしい。城野の腿に、やはり無意識のまま腰を擦りつけていたことに気づき、春菜は自分で驚いた。

慌てて距離を取ろうとしたが、城野に押さえ込まれた。逆に、より密着するよう腰を押される。中を指で擦られ、腿で性器を擦られて、前後からの刺激に春菜は体中震えて止まらなくなった。

「ぁ……ッ」

「先輩と初めて話した時、こんなふうに可愛くなるとか、思いもつかなかったな……」

耳許でうっとりとした響きで囁かれ、その声のせいでも春菜は余計に震えてしまう。

「やっぱ先輩、クールそうで、やらしいこととかに縁ありません、みたいな顔してて」

「……そ……んなこと、ない、全然……」

「うん。先輩が気持ちよくなってる姿、可愛くて、やらしくて――ごめんね、もう」

それほど丹念に、とは言えない仕種で春菜の中を探っていた指が、ずるりと抜き出される。

その感触に背筋を強張らせている春菜の体を、城野が後ろに返させた。

「壁、掴まれる？」

下着ごとズボンがずり下ろされる。言われるまま、春菜は両手で壁に触れた。もうちょっと下、と言われ、戸惑っているうちに、腕で腰を後ろに引っ張られた。

「し、城野、これ、恥ずかしい……」

城野に向けて剝き出しの尻を突き出すような格好を取らされ、春菜は狼狽して振り返る。陶酔したような目で自分を見ている城野の姿があった。

「うん、先輩、恥ずかしい格好してるね」

これ以上ないというくらい淫猥《いんわい》な仕種で尻を撫でられ、春菜は全身を鳥肌立てた。気持ち悪いのか、気持ちいいのか、判別つかない感触だった。とにかくぞくぞくする。城野を見ていられなくて、春菜は半泣きで前を向いた。

少ししてから城野の体温が近づき、今度は、掌ではないもので尻を撫でられる。熱くて、張り詰めたもの。すでに先走りを零している城野の性器。

「まだちょっと、辛いかな……」

春菜の窄まりの場所を探すように、その先端がぬるぬると狭間を擦る。

そこに熱をねじ込まれる感触を、春菜の体はもう覚えていて、それを味わされることへの期待に、心臓が痛いくらい鳴っている。

「……平気だと思う、から……」

女の子の水着の写真とか、男女が絡んだ漫画とか、何て無駄なものを借りようとしていたのかと、春菜は今ごろ自分の馬鹿さ加減を思い知る。

(城野じゃないと、無理なのに)

一度はその城野が相手でも冷えたままだったことがあるなんて信じられないくらい、春菜の体は熱くなっていた。

その中に、さらに熱いものが、ぐっと入り込んでくる。

「ん……ッ」

無理矢理押し開かれる感じに、春菜は苦しい声を漏らした。苦しそうなのに、でも何か甘く聞こえて、自分の声が恥ずかしい。

城野はちっとも遠慮しなかった。ごめんね、とやはり甘ったるい声で囁きながらも、強引に中へ中へと身を進めてくる。

「う……、……ん、……ッ」

壁に触れた両手を、春菜は拳の形に変える。その拳に額を押しつける。汗が滲むのがわかった。辛いのか、気持ちいいのか、よくわからない。ただ、城野が中にいる感触に翻弄《ほんろう》される。嬉しい、と思う。

(痛い……熱い……)

奥まで入り込んでから、城野は深いところで短く動いている。その刺激と、相手の荒い呼吸

と、微かに漏れる声のせいで、春菜の背中がまたぞくぞくと粟立つ。

「ちゃんと、気持ちいい……？」

震える体を気遣うように訊ねながら、城野が片手で春菜の腿辺りを探った。すぐに、支えがなくても勃ち上がっている春菜の昂ぶりを見つけて、握り込んでくる。

「あ……っ、……ん、んっ」

堪える間もなく、また甘い声が漏れた。慌てて、今度は拳に唇を押しつける。誰かに聞かれたら、と思うと怖くなる。寮で生徒に知られるのも怖かったが、学校外の者に見咎《みとが》められたら、問題はそれ以上に大きくなってしまう。

「し……ろの、……早く……」

なるべく短い時間ですませないと、と思って訴えた言葉を、もしかしたら城野は別の意味で捉えたのかもしれない。

深いところで留まっていた城野の熱が、春菜の中を掻き回すように動き出した。

「んっ、ぁ……ッあ、あ、……ン、待っ……城野、待って……！」

いきなり強い動きで内壁を擦られ、同じくらいの勢いで昂ぶった性器を扱かれて、春菜はたまらず悲鳴染みた声を漏らした。個室の中に声が響いてしまい、泣きそうな気分で、実際泣きながら、握った自分の拳にまた唇を押しつける。

「先輩……中、すっげぇ熱い……気持ちいい……」

もっとゆっくり、と訴えたかったのに、心から気持ちよさそうな城野の声を聞いていたら、言えなくなってしまった。

その声がもっと聞きたかったし、もっと気持ちよくなってほしかったし、気持ちよくなりたかった。

「城野……、……城野、好き……」

止める代わりに、春菜は胸の中で溢《あふ》れかえっている気持ちを唇から漏らした。本当は、俺も気持ちいい、と言ったつもりだったのに、言葉にしたら別のものになった。途端、中を穿《うが》っている城野の熱が、より大きくなった気がする。

「……っ、あ、やば……っ」

「あ……」

焦った城野の声を聞きながら、春菜は身を強張らせて、彼の手に精を吐き出した。

ほぼ同時に、体の中で、生温かく濡れたものを感じる。

「……ご、ごめん……中に……」

出さないから、と言っていたはずなのに、体の中で射精されてしまったらしい。

春菜は乱れた呼吸のせいで大きく体を上下させながら、何となく笑った。あとが大変だなと思いながらも、城野がまったく余裕もなく行為に夢中になっていたことを察して、嬉しい気がしてしまう。

「大丈夫……」

溜息交じりに言ったら、後ろからぎゅうぎゅう抱き締められた。

「俺も好き……先輩、大好き」

痛いくらい体を締めつけられて、ちょっと苦しかったけれど、春菜はこれ以上ないくらい満たされた気持ちを味わっていた。

◇◇◇

「バイトしようかなって思って、申請出してみたんだよね、今」

ベンチに並んで座り、城野の奢りの甘いコーヒーを飲みながら、春菜はそんな話を聞いた。

「バイト？　何か欲しいものがあるのか？」

すっかり日が暮れているが、気持ち的にも体的にもまだ寮に帰る気が起きなくて、結局また同じベンチに戻った。

ついさっきまで自分たちがしていたことを考えるとどうにも落ち着かなかったし、妙な後ろめたさに苛《さいな》まれもするが、城野と一緒にいたい気持ちといられる嬉しさの方が勝ってしまう。

我ながらどうしようもないな、と呆れつつ。

「や、夏休みとかさ。その前でも……先輩とどっか出かけたいな、と思って」

「……デート?」

「うん」

照れたように、城野が笑う。

「できれば泊まりで。近場でもいいから、寮以外のところに泊まれたら……とかひそかに考えてたんだ。何か結局、そういうことばっか考えてて、ごめん」

我慢する、と言いつつも、城野はどうにか春菜と過ごす時間を手に入れるための方策を、一人で模索していたらしい。

話してくれればよかったのにという不満と、考えてくれて嬉しいという気持ちで、春菜はなんだか複雑だ。

「言えよ、そういうの。俺、城野と昼休みと学校の帰り道でしか会えなくて、ガッカリしてたのに」

「……そっかぁ」

責めたつもりの言葉に、しまらない笑みと声が返ってきて、春菜もつられて笑ってしまう。

「俺多分さ、先輩にいいとこ見せたくて、必死だったんだよ。先輩は俺よりほんと頭いいし、年上だし、アホなとこばっかり知られてるから、どうにかして頼られたいって。なのに甘えてばっかりで格好悪いなーって思ってたから、焦ってたのかも」

空を見上げて、城野が大きく息を吐き出した。

「おまけに山口先輩は意地が悪いし。……でもあの人、ちゃんと俺に釘刺してくれたんだよな。先輩が寮とか学校で立場悪くならないように、おまえが気をつけろってアドバイスくれてたのに……俺はバカだから素直に聞けなくて、まるっきり正反対なことしちゃって」

「うーん……山口はまあ、ああいうやつだから仕方ないと思う……」

もっとわかりやすく、好意的にことを運んでくれれば、そうこじれることもなかったのではと、春菜は疑っている。

だが結果的に城野ときちんと話はできたし、体の問題も解決したし、良くも悪くも切っ掛けになったのが山口というのなら、春菜は相手に感謝したいと思う。とても癪《しゃく》ではあるが。

「本音言って、山口先輩と春菜先輩が仲いいの、やっぱ微妙だけどさ。でも、あの人のおかげで春菜先輩が学校で過ごしやすくなったって話聞いたし、先輩にとって必要な人なら、何とか、我慢する……あの人以外の、周りのやつらも。俺だけが知ってた先輩の優しいところとか、可愛いところとか、みんなが気づいて、みんなが先輩好きになったら、嫌だなって、どうしても思っちゃうけど……」

「いや、どう考えても、城野の方が周りから好かれてるだろ」

「でも俺が好きなのは春菜先輩だけだし」

きっぱりと、何の迷いもなく言い切った城野に、春菜はつい噴き出した。おかしいのと、あと、少しだけ腹が立ったので、相手の膝を拳で軽く殴ってみる。

「それ、俺も同じだから」

「……そっか」

城野は照れたように笑ってから、それを苦笑いに替えた。

「やっぱ、駄目だなあ。俺、バカで……」

「いや、城野は、俺より全然頭いいと思う」

「いやいやいやいや。全国模試で上から何十番目とかいう人にそう言われてもさあ」

「勉強できるかは置いといて。……城野といると、今まで知らなかったこと知れて、楽しいし」

自分に恋ができるとか、情欲が先に立って我を忘れることがあるだとか、そういうことも春菜には想像がつかなかった。城野に会うまで。

「何か、城野のことばっかり責めちゃった気がするけど……俺もうまくできないことたくさんあるし、気長につき合ってもらえると嬉しい」

「うん。一生、気長に。先輩もね」

ごく軽い口調で、あっさりと、本当に気の長い返事をされた。

「そうだな、一生」

だから春菜もそれに合わせて、何気なく相槌を打ったつもりだったのに、声にしてみれば随分としみじみした感慨深そうな響きになる。

妙に恥ずかしかったが、ベンチに置いた手をさり気なく城野が握り締めてくるから、城野も別に気持ちまであっさりしてさっきの言葉を言ったわけではないと、わかる。

(ちょっとずつ、わかってく。すごいな)

人の気持ちがなかなかわからなくて、苦労ばかりしてきたのに。

たった一人のものだけでもわかるようになったのは、春菜にとってとてつもない奇蹟に思える。

「俺も、何かバイトしようかな……」

「え、でも先輩、受験生なのに」

「いや、受験勉強とかしなくても、多分大体どこでも受かると思うから」

「そ、そうか……」

なぜか隣で、城野が項垂れた。

「バイトもするけど、俺、勉強ももうちょっと頑張ろ。金貯めたって、補講で夏休み潰《つぶ》れたら意味ないし」

「また教えるよ」

「うん。お願いします」

そう言って目を合わせて笑い、何となく照れて、同時に飲み物を口にする。

本当に、今までこんなに満ち足りた気持ちになれることはなかったし、想像もつかなかった。

この先も城野といる限りこんな状態が続くんだと思ったら嬉しくて、春菜は自分からも、相手の手をこっそり握り返した。

それから寮の門限ギリギリまで、ずっと城野と一緒にベンチで座っていた。

あとがき

キャラ文庫さんから、三冊目を出していただきました、どうもありがとうございます。『学生寮で、後輩と』は雑誌のキャラセレクションで漫画原作をさせていただいた『ねえ先輩、教えてよ』という作品の関連作品で、同じ学校と学生寮が舞台になっています。

実家から送られてきた蜜柑《みかん》を娯楽室に持ってきた森丘《もりおか》という生徒が漫画の方の攻めです。名前しか出てませんが。寮長の乃木坂《のぎざか》だけ、小説にも漫画にも出てきます。

小説と漫画両方のタイトルをつけてくださったり、寮・指導係などのアイディアを出してくださったのは、前担当さんです、どうもありがとうございました！　ひたすら助けていただいた記憶しかありません。とても楽しく書くことができました。

新担当さんにも初っ端から色々ご迷惑をお掛けしつつ、書き下ろし分のタイトルをつけていただいたり…じ、自分でタイトルを考えていないわけじゃないんですが、私が考えるものより編集の方が考える方がいつも素敵なので、そちらにさせていただくことも多く、本当に、ありがとうございます。

そして夏乃《かの》あゆみさんのイラストが、特にカラーが美しくて美しくて、高校生のキラキラした感じが途轍《とてつ》もなくて、城野格好いい…！　とか、春菜マジメそうで可愛い…！　とか、いろいろ身悶えています、ありがとうございます。イラストを拝見するたび、校舎の中に光が差したり、寮の部屋に夕日が差したりするイメージがぶわーって自分の中で広がって、ああもっといっぱい、上手に春菜と城野を書きたかったなと、何か学校卒業したあとのような気持ちになりました。

原作をさせていただいた漫画の方は小嶋《こじま》ララ子《こ》さんの作画です。こちらもとても可愛らしく、高校生のふわふわキラキラした感じをすごく素敵に描いていただいたので、文庫と併せてお読みいただけるととても嬉しいです。漫画の方から読まれてこちらもお手に取ってくださった方には、どうもありがとうございます。

本当に、日々人様に助けられて生きています。よろよろしながら書き続けていますが、特に読者さんの（多分ご本人にしてみれば）ちょっとした励ましが、寿命を何週間か延ばすものすごい力になっています。いつもありがとうございます。

お礼ばっかになってしまいましたがお礼しかない！

読んでくださってありがとうございました。また他の場所でもお目にかかれることを祈りつつ、この辺で。

渡海奈穂《わたるみなほ》

この本を読んでのご意見、ご感想を編集部までお寄せください。

《あて先》〒105－8055　東京都港区芝大門2－2－1　徳間書店　キャラ編集部気付

「学生寮で、後輩と」係

■初出一覧
学生寮で、後輩と……小説Chara vol.27(2012年11月号増刊)
学生寮で、恋人と……書き下ろし

Chara

学生寮で、後輩と……

【キャラ文庫】

2013年11月30日 初刷

著者 渡海奈穂
発行者 川田 修
発行所 株式会社徳間書店
〒105-8055 東京都港区芝大門2-2-1
電話048-451-5960(販売部)
03-5403-4348(編集部)
振替00140-0-44392

印刷・製本 株式会社廣済堂
カバー・口絵
デザイン 佐々木あゆみ(COO)

ISBN978-4-19-900733-0

好評発売中

渡海奈穂の本

【小説家とカレ】

イラスト◆穂波ゆきね

横暴で尊大、口を開けば悪態ばかりの幼なじみ——小説家の芦原《あしはら》は、そんな高槻《たかつき》にずっと片想いしている。けれど高槻は、昔からなぜか小説を書くことに大反対!!「おまえの小説なんて絶対読まない」と言っては、執筆の邪魔をしにやって来る。それでも時折武骨な優しさを見せる高槻が、芦原は嫌いになれなくて…!?　この気持ちを知られたら、きっと傍にいられなくなる——大人同士の不器用な恋♥

キャラ文庫既刊

■英田サキ
【DEADLOCK】
【DEADHEAT】DEADLOCK2
【DEADSHOT】DEADLOCK3
【SIMPLEX】DEADLOCK外伝 CUT高階 佑
【恋ひめやも】CUT小山田あみ
【ダブル・バインド】全4巻 CUT葛西リカコ
【アウトフェイス】ダブル・バインド外伝

■秋月こお
【王朝春宵ロマンセ】シリーズ全4巻 CUT唯月 一
【王朝ロマンセ外伝】シリーズ全3巻 CUT唯月 一
【要人警護】シリーズ全6巻 CUT緋色れーいち
【幸村殿、艶にて候】全7巻 CUT九號
【スサの神謡】CUT稲荷家房之介
【超法規レンアイ戦略課】CUT有馬かつみ
【公爵様の羊飼い】全3巻 CUT円屋榎英

■洸
【深く静かに潜れ】CUT長門サイチ
【パーフェクトな相棒】CUT亜樹良のりかず
【好みじゃない恋人】CUT小山田あみ
【ろくでなし刑事のセラピスト】CUT新藤まゆり
【オーナー指定の予約席】CUT須賀邦彦
【捜査官は恐竜と眠る】CUT有馬かつみ
【サバイバルな同棲】CUT和鐵屋匠
【常夏の島と英国紳士】CUTみずかねりょう

■いおかいつき
【好きなんて言えない!】CUT有馬かつみ
【隣人たちの食卓】CUTみずかねりょう
【探偵見習い、はじめました】CUT小山田あみ

■池戸裕子
【小児科医の悩みごと】CUT新藤まゆり

【無法地帯の獣たち】CUT新井サチ
【管理人は手に負えない】CUT黒沢 椎
【鬼神の囁きに誘われて】CUT黒沢 椎
【人形は恋に堕ちました。】CUT新藤まゆり

■烏城あきら
【檻 -おり-】CUT今 市子

■榎田尤利
【歯科医の憂鬱】CUT高久尚子
【ギャルソンの躾け方】CUT宮本佳野
【アパルトマンの王子】CUT緋色れーいち
【理髪師の、些か変わったお気に入り】CUT二宮悦巳

■音理 雄
【先生、お味はいかが?】CUT三池ろむこ
【犬、ときどき人間】CUT高久尚子

■鹿住 槙
【ヤバイ気持ち】CUT穂波ゆきね

■華藤えれな
【フィルム・ノワールの恋に似て】CUT小椋ムク
【黒衣の皇子に囚われて】CUT Ciel
【義弟の渇望】CUTサマミヤアカザ

■可南さらさ
【左隣にいるひと】CUT木下けい子
【先輩とは呼べないけれど】CUT穂波ゆきね

■神奈木智
【その指だけが知っている】
【左手は彼の夢をみる】その指だけが知っている2
【くすり指は沈黙する】その指だけが知っている3
【そして指輪は告白する】その指だけが知っている4
【その指だけは眠らない】その指だけが知っている5 CUT小田切ほたる

【ダイヤモンドの条件】シリーズ全3巻 CUT須賀邦彦
【無口な情熱】CUT椎名咲月
【征服者の特権】CUT明森びびか
【御所泉家の優雅なたしなみ】CUT円屋榎英
【甘い夜に呼ばれて】CUT不破慎理
【密室遊戯】CUT羽根田実
【若きチェリストの憂鬱】CUT二宮悦巳
【オーナーシェフの内緒の道楽】CUT新藤まゆり
【愛も恋も友情も。】CUT香坂あきほ
【月下の龍に誓え】CUT円屋榎英
【烈火の龍に誓え】月下の龍に誓え2
【マル暴の恋人】CUT水名瀬雅良
【恋人がなぜか多すぎる】CUT高星麻子
【マエストロの育て方】CUT夏珂
【守護者がめざめる逢魔が時】CUTみずかねりょう
【守護者がささやく黄泉の刻】守護者がめざめる逢魔が時2

■楠田雅紀
【史上最悪な上司】CUT山本小鉄子
【俺サマ吸血鬼と同居中】CUT Ciel

■剛しいら
【顔のない男】シリーズ全3巻 CUT北畠あけ乃
【命いただきます!】CUT麻生 海
【狂犬】CUT有馬かつみ
【盗っ人と恋の花道】CUT葛西リカコ
【天使は罪とたわむれる】CUT宮本佳野
【ブロンズ像の恋人】CUT兼守美行

■ごとうしのぶ
【熱情】CUT高久尚子

■榊 花月
【恋人になる百の方法】CUT高久尚子

キャラ文庫既刊

[狼の柔らかな心臓] CUT亜樹良のりかず
[夜の華] CUT高階 佑
[他人の彼氏] CUT汞りょう
[恋愛私小説] CUT小椋ムク
[地味カレ] CUT新藤まゆり
[待ち合わせは古書店で] CUT木下けい子
[不機嫌なモップ王子] CUT夏乃あゆみ
[本命未満] CUTルコ
[僕が愛した逃亡者] CUT葛西リカコ
[天使でメイド] CUT夏河シオリ
[見た目は野獣] CUT和鐵屋匠
[綺麗なお兄さんは好きですか?] CUTミナヅキアキラ
[オレの愛を舐めんなよ] CUT夏珂
[気に食わない友人] CUT新藤まゆり
[七歳年下の先輩] CUT高緒 拾
[暴君×反抗期] CUT沖銀ジョウ

■桜木知沙子

[プライベート・レッスン] CUT高星麻子
[ひそやかに恋は] CUT山田ユギ
[ふたりベッド] CUT梅沢はな
[真夜中の学生寮で] CUT高星麻子
[兄弟にはなれない] CUT山本小鉄子
[教え子のち、恋人] CUT高久尚子

■佐々木禎子

[最低の恋人] CUT蓮川 愛
[ニュースにならないキス] CUT水名瀬雅良
[極悪紳士と踊れ] CUT汞りょう
[ミステリ作家の献身] CUT高久尚子
[僕の好きな漫画家] CUT香坂あきほ
[弁護士は籠絡される] CUT金ひかる
[執事と眠れないご主人様] CUT榎本
[治外法権な彼氏] CUT有馬かつみ
[アロハシャツで診察を] CUT高久尚子
[仙川准教授の偏愛] CUT新藤まゆり

[妖狐な弟] CUT佳門サエコ

■秀香穂里

[くちびるに銀の弾丸] シリーズ全2巻 CUT祭河ななを
[チェックインで幕はあがる] CUT高久尚子
[虜《とりこ》] CUT山田ユギ
[誓約のうつり香] CUT海老原由里
[灼熱のハイシーズン] CUT長門サイチ
[禁忌に溺れて] CUT亜樹良のりかず
[ノンフィクションで感じたい] CUT新藤まゆり
[艶めく指先] CUTサクラサクヤ
[烈火の契り] CUT彩
[他人同士] 全3巻 CUT新藤まゆり
[大人同士]
[恋人同士 大人同士2] CUT新藤まゆり
[堕ちゆく者の記録] CUT高階 佑
[真夏の夜の御伽噺] CUT佐々木久美子
[桜の下の欲情] CUT汞りょう
[隣人には秘密がある] CUT山田ユギ
[なぜ彼らは恋をしたか] CUT梨とりこ
[闇を抱いて眠れ] CUT小山田あみ
[恋に堕ちた翻訳家] CUT佐々木久美子
[盤上の標的] CUT有馬かつみ
[年下の高校教師] CUT三池ろむこ
[閉じ込める男] CUT葛西リカコ

■愁堂れな

[身勝手な狩人] CUT蓮川 愛
[十億のプライド] CUT汞りょう
[愛人契約] CUT水名瀬雅良
[紅蓮の炎に焼かれて] CUT金ひかる
[花婿をぶっとばせ] CUT高久尚子
[伯爵は服従を強いる] CUT羽根田実
[コードネームは花嫁] CUT汞りょう
[怪盗は闇を駆ける] CUT由貴海里

[屈辱の応酬] CUTタカツキノボル
[金曜日に僕は行かない] CUT麻生 海
[行儀のいい同居人] CUT小山田あみ
[激情] CUT羽根田実
[二時間だけの密室] CUT高久尚子
[月ノ瀬探偵の華麗なる敗北] CUT亜樹良のりかず
[法医学者と刑事の相性] CUT高階 佑
[法医学者と刑事の本音 法医学者と刑事の相性2] CUT高階 佑
[嵐の夜、別荘で] CUT二宮悦巳
[入院患者は眠らない] CUT新藤まゆり
[極道の手なずけ方] CUT和鐵屋匠
[捜査一課のから騒ぎ]
[捜査一課の色恋沙汰 捜査一課のから騒ぎ2] CUT相葉キョウコ
[仮面執事の誘惑] CUT香坂あきほ
[家政夫はヤクザ] CUTみずかねりょう
[猫耳探偵と助手]
[猫耳探偵と恋人 猫耳探偵と助手2] CUT笠井あゆみ
[孤独な犬たち] CUT葛西リカコ

■菅野 彰

[毎日晴天!]
[子供は止まらない 毎日晴天!2]
[子供の言い分 毎日晴天!3]
[いそがないで。 毎日晴天!4]
[花屋の二階で 毎日晴天!5]
[子供たちの長い夜 毎日晴天!6]
[僕らがもう大人だとしても 毎日晴天!7]
[花屋の店先で 毎日晴天!8]
[君が幸いと呼ぶ時間 毎日晴天!9]
[明日晴れても 毎日晴天!10]
[夢のころ、夢の町で。 毎日晴天!11]
[花屋の店番 毎日晴天!12] CUT二宮悦巳
[高校教師、なんですが。] CUT山田ユギ

キャラ文庫既刊

■杉原理生
[親友の距離] CUT穂波ゆきね
[きみと暮らせたら] CUT高久尚子
[息もとまるほど] CUT三池ろむこ

■砂原糖子
[シガレット×ハニー] CUT水名瀬雅良

■春原いずみ
[舞台の幕が上がる前に] CUT禾田みちる
[神の右手を持つ男] CUT有馬かつみ
[銀盤を駆けぬけて] CUT須賀邦彦
[真夜中に歌うアリア] CUT沖銀ジョウ
[警視庁十三階にて]
[警視庁十三階の罠 警視庁十三階にて2] CUT宮本佳野
[略奪者の弓] CUT Ciel

■高岡ミズミ
[夜を統べるジョーカー] CUT実相寺紫子
[お天道様の言うとおり] CUT山本小鉄子
[依頼人は証言する] CUT山田シロ
[人類学者は骨で愛を語る] CUT汞りょう
[僕が一度死んだ日] CUT穂波ゆきね
[闇夜のサンクチュアリ] CUT高階 佑
[鬼の接吻] CUT禾田みちる

■高遠琉加
[神様も知らない]
[楽園の蛇 神様も知らない2]
[ラブレター 神様も知らない3] CUT高階 佑

■谷崎 泉
[諸行無常というけれど]
[落花流水の如く 諸行無常というけれど2] CUT金ひかる

■月村 奎
[そして恋がはじまる] シリーズ全2巻 CUT夢花 李
[アプローチ] CUT夏乃あゆみ

■遠野春日
[眠らぬ夜のギムレット] シリーズ全2巻 CUT沖麻実也
[ブリュワリーの麗人] CUT水名瀬雅良
[高慢な野獣は花を愛す] CUT汞りょう
[華麗なるフライト]
[管制塔の貴公子 華麗なるフライト2] CUT麻々原絵里依
[砂楼の花嫁] CUT円陣闇丸
[玻璃の館の英国貴族] CUT円屋榎英
[芸術家の初恋] CUT穂波ゆきね
[欲情の極華] CUT北沢きょう
[獅子の系譜]
[獅子の寵愛 獅子の系譜2] CUT夏河シオリ
[蜜なる異界の契約] CUT笠井あゆみ

■中原一也
[仁義なき課外授業] CUT新藤まゆり
[後にも先にも] CUT梨とりこ
[居候には逆らえない] CUT乃一ミクロ
[中華飯店に潜入せよ] CUT相葉キョウコ
[親友とその息子] CUT兼守美行
[双子の獣たち] CUT笠井あゆみ
[野良犬を追う男] CUT水名瀬雅良
[ブラックジャックの罠] CUT小山田あみ

■凪良ゆう
[恋愛前夜] CUT穂波ゆきね
[天涯行き] CUT高久尚子

■西江彩夏
[片づけられない王様] CUT麻生ミツ晃

■西野 花
[溺愛調教] CUT笠井あゆみ

■鳩村衣杏
[共同戦線は甘くない!] CUT桜城やや
[やんごとなき執事の条件] CUT沖銀ジョウ
[汝の隣人を恋せよ] CUT和鐵屋匠
[両手に美男] CUT乃一ミクロ
[友人と寝てはいけない] CUT小山田あみ
[歯科医の弱点] CUT佳門サエコ

■樋口美沙緒
[八月七日を探して] CUT高久尚子
[他人じゃないけれど] CUT穂波ゆきね
[狗神の花嫁]
[花嫁と神々の宴 狗神の花嫁2] CUT高星麻子

■火崎 勇
[楽天主義者とボディガード] CUT新藤まゆり
[荊の鎖] CUT麻生 海
[それでもアナタの虜] CUT司狼 亨
[そのキスの裏のウラ] CUT羽根田実
[お届けにあがりました!] CUT山田シロ
[灰色の雨に恋の降る] CUT皇ソラ
[牙を剥く男] CUT汞りょう
[満月の狼] CUT有馬かつみ
[刑事と花束] CUT夏河
[足 枷] CUT Ciel
[籠と焔] CUTいさき李果
[理不尽な求愛者] CUT駒城ミチヲ

■菱沢九月
[小説家は懺悔する] シリーズ全3巻 CUT高久尚子
[夏休みには遅すぎる] CUT山田ユギ
[本番開始5秒前] CUT新藤まゆり
[セックスフレンド] CUT水名瀬雅良
[ケモノの季節] CUT汞りょう
[年下の彼氏] CUT穂波ゆきね
[好きで子供なわけじゃない] CUT山本小鉄子
[飼い主はなつかない] CUT高星麻子

■松岡なつき
[声にならないカデンツァ] CUTビリー高橋

キャラ文庫既刊

【ブラックタイで革命を】シリーズ全2巻 CUT 緋色れーいち
【センターコート】全3巻 CUT 須賀邦彦
【旅行鞄をしまえる日】CUT 史堂 櫂
【NOと言えなくて】CUT 果桃なばこ
【WILD WIND】CUT 雪舟 薫
【FLESH & BLOOD①～㉑】CUT ①～⑪雪舟 薫／⑫～彩
【FLESH & BLOOD外伝 ―女王陛下の海賊たち―】CUT 彩
【H・K《ホンコン》ドラグネット】全4巻 CUT 乃一ミクロ

■水原とほる
【青の疑惑】CUT 彩
【午前一時の純真】CUT 小山田あみ
【ただ、優しくしたいだけ】CUT 山田ユギ
【氷面鏡】CUT 真生るいす
【春の泥】CUT 宮本佳野
【金色の龍を抱け】CUT 高階 佑
【災厄を運ぶ男】CUT 葛西リカコ
【義を継ぐ者】CUT 高階 佑
【夜間診療所】CUT 新藤まゆり
【蛇喰い】CUT 和鐵屋匠
【二本の赤い糸】CUT 金ひかる
【気高き花の支配者】CUT みずかねりょう
【The Barber―ザ・バーバー―】
【The Cop―ザ・コップ― The Barber2】CUT 兼守美行
【ふかい森のなかで】CUT 小山田あみ
【彼氏とカレシ】CUT 十月絵子
【愛と贖罪】CUT 葛西リカコ

■水無月さらら
【お気に召すまで】CUT 北畠あけの
【オトコにつまずくお年頃】CUT 汞りょう
【オレたち以外は入室不可!】CUT 梅沢はな
【九回目のレッスン】CUT 高久尚子
【裁かれる日まで】CUT カズアキ

【主治医の采配】CUT 小山田あみ
【新進脚本家は失踪中】CUT 一ノ瀬ゆま
【美少年は32歳!?】CUT 高星麻子
【元カレと今カレと僕】CUT 水名瀬雅良
【ベイビーは男前】CUT みずかねりょう
【寝心地はいかが?】CUT 金ひかる

■水壬楓子
【桜姫】シリーズ全3巻 CUT 長門サイチ
【シンプリー・レッド】CUT 汞りょう
【作曲家の飼い犬】CUT 羽根田実
【本日、ご親族の皆様には。】CUT 黒沢 椎
【森羅万象 狼の式神】
【森羅万象 水守の守】
【森羅万象 狐の輿入】CUT 新藤まゆり

■宮緒 葵
【二つの爪痕】CUT 兼守美行

■夜光 花
【シャンパーニュの吐息】CUT 汞りょう
【君を殺した夜】CUT 小山田あみ
【七日間の囚人】CUT あそう瑞穂
【天涯の佳人】CUT DUO BRAND.
【不浄の回廊】
【二人暮らしのユウウツ 不浄の回廊2】CUT 小山田あみ
【眠る劣情】CUT 高階 佑
【愛を乞う】CUT 榎本
【束縛の呪文】CUT 香坂あきほ
【ミステリー作家串田寥生の考察】CUT 高階 佑

■吉原理恵子
【二重螺旋】
【愛情鎖縛 二重螺旋2】
【攣哀感情 二重螺旋3】
【相思喪曖 二重螺旋4】
【深想心理 二重螺旋5】
【業火顕乱 二重螺旋6】
【嵐気流 二重螺旋7】
【双曲線 二重螺旋8】CUT 円陣闇丸
【間の楔】全6巻 CUT 長門サイチ
【影の館】CUT 笠井あゆみ

■渡海奈穂
【兄弟とは名ばかりの】CUT 木下けい子
【小説家とカレ】CUT 穂波ゆきね
【学生寮で、後輩と】CUT 夏乃あゆみ

〈四六判ソフトカバー〉

■英田サキ
【HARD TIME DEADLOCK外伝】CUT 高階 佑

■凪良ゆう
【きみが好きだった】CUT 宝井理人

■菱沢九月
【同い年の弟】CUT 穂波ゆきね

■松岡なつき
【王と夜啼鳥《ナイチンゲール》 FLESH&BLOOD外伝】CUT 彩

■吉原理恵子
【灼視線 二重螺旋外伝】CUT 円陣闇丸

〈2013年11月27日現在〉

投稿小説★大募集

『楽しい』『感動的な』『心に残る』『新しい』小説——

みなさんが本当に読みたいと思っているのは、どんな物語ですか？　みずみずしい感覚の小説をお待ちしています！

•応募きまり•

[応募資格]
商業誌に未発表のオリジナル作品であれば、制限はありません。他社でデビューしている方でもOKです。

[枚数／書式]
20字×20行で50～300枚程度。手書きは不可です。原稿は全て縦書きにして下さい。また、800字前後の粗筋紹介をつけて下さい。

[注意]
①原稿はクリップなどで右上を綴じ、各ページに通し番号を入れて下さい。また、次の事柄を１枚目に明記して下さい。
(作品タイトル、総枚数、投稿日、ペンネーム、本名、住所、電話番号、職業・学校名、年齢、投稿・受賞歴)
②原稿は返却しませんので、必要な方はコピーをとって下さい。
③締め切りは特別に定めません。採用の方にのみ、原稿到着から３ヶ月以内に編集部から連絡させていただきます。また、有望な方には編集部からの講評をお送りします。
④選考についての電話でのお問い合わせは受け付けできませんので、ご遠慮下さい。
⑤ご記入いただいた個人情報は、当企画の目的以外での利用はいたしません。

[あて先] 〒105-8055 東京都港区芝大門2-2-1
徳間書店 Chara編集部 投稿小説係

投稿イラスト★大募集

キャラ文庫を読んで、イメージが浮かんだシーンをイラストにしてお送り下さい。キャラ文庫、『Chara』『Chara Selection』『小説Chara』などで活躍してみませんか？

•応募きまり•

[応募資格]

応募資格はいっさい問いません。マンガ家＆イラストレーターとしてデビューしている方でもOKです。

[枚数／内容]

①イラストの対象となる小説は『キャラ文庫』か『Chara、Chara Selection、小説Charaにこれまで掲載された小説』に限ります。
②カラーイラスト１点、モノクロイラスト３点の合計４点。カラーは作品全体のイメージを。モノクロは背景やキャラクターの動きの分かるシーンを選ぶこと（裏にそのシーンのページ数を明記）。
③用紙サイズはA４以内。使用画材は自由。

[注意]

①カラーイラストの裏に、次の内容を明記して下さい。
（小説タイトル、投稿日、ペンネーム、本名、住所、電話番号、職業・学校名、年齢、投稿・受賞歴、返却の要・不要）
②原稿返却希望の方は、切手を貼った返却用封筒を同封して下さい。封筒のない原稿は編集部で処分します。返却は応募から１ヶ月前後。
③締め切りは特別に定めません。採用の方にのみ、編集部から連絡させていただきます。また、有望な方には編集部から講評をお送りします。選考結果の電話でのお問い合わせはご遠慮下さい。
④ご記入いただいた個人情報は、当企画の目的以外での利用はいたしません。

[あて先]

〒105-8055 東京都港区芝大門2-2-1
徳間書店 Chara編集部 投稿イラスト係